AMINA AGISCHEWA
ERNST SCHWARZ (Hrsg.)

Die heilige Büffelfrau

AMINA AGISCHEWA
ERNST SCHWARZ (Hrsg.)

Die Heilige Büffelfrau

Indianische Schöpfungsmythen

Ausgewählt und nacherzählt
von Amina Agischewa

Herausgegeben und eingeleitet
von Ernst Schwarz

GOLDMANN

Mit 57 Abbildungen, entnommen aus:
American Indian Design and Decoration,
hrsg. von Le Roy H. Appleton, Dover Publications, Inc.,
New York 1971

Der Goldmann Verlag
ist ein Unternehmen der Verlagsgruppe Bertelsmann

Vollständige Taschenbuchausgabe September 1998
Wilhelm Goldmann Verlag, München
© 1995 Kösel-Verlag GmbH & Co., München
Umschlaggestaltung: Design Team München
Druck: Elsnerdruck, Berlin
Verlagsnummer: 13258
WL · Herstellung: Stefan Hansen
Made in Germany
ISBN 3-442-13258-4

1 3 5 7 9 10 8 6 4 2

Inhalt

★ Die kursiv gedruckten Namen geben die Indianer-Völker oder
-Stämme an, deren Schöpfergeist die Mythen entsprangen.

Magie oder Mystik

Zum Weltbild
der nordamerikanischen Indianer
Einführung von Ernst Schwarz

Eine kleine Gruppe von Jägern, mit nichts als vorn zu-
gespitzten Speeren aus Eibenholz bewaffnet, treibt ein
Mammut einem Sumpfloch zu. Einer der Jäger kommt
schließlich dem Riesentier so nahe, daß er ihm von unten
her seinen Speer in den Bauch stoßen kann.

So oder ähnlich verlief vor etwa 80.000 Jahren die Jagd auf
ein Mammut in der Nähe von Lehringen in Niedersachsen.
Der Speer in den Bauchpartien des dort aufgefundenen
Mammutskeletts zeugt von einem prähistorischen Jagdereig-
nis, das mit unvorstellbaren Gefahren verbunden war und
geradezu übermenschliche Kühnheit der Jäger erforderte.

Die aus diesem Fund rekonstruierte Geschichte einer Jagd
vor so vielen Tausenden von Jahren las ich einmal in einem
Werk über die Urgeschichte Mitteleuropas. Die Beschäfti-
gung mit mythischem Denken begann für mich mit jener
archäologisch rekonstruierten Jagdgeschichte: Ich versuchte
mich in die Geisteswelt, in das Lebensgefühl von Menschen
hineinzuversetzen, die unter so unsäglich harten Bedingungen der Natur ihr Leben abtrotzen mußten.

Literatur über die materiellen Bedingungen menschlichen
Lebens in prähistorischen Zeiten gibt es genug. Nur ist damit
allein noch niemandem gedient: Will man doch wissen,
zumindest erahnen können, was ferne Vorfahren – Menschen in allen Teilen der Welt – gefühlt, gedacht, geglaubt

haben mögen. Hier helfen am besten noch lebende Überlieferungen, und zu diesen zählt an hervorragender Stelle der reiche Mythenschatz der Indianer.

Eines zeigt aber auch bereits die Jagdgeschichte aus Lehringen: Der im Verhältnis zu einem Mammut winzige Mensch hätte sich trotz dringenden Bedarfs an Nahrung kaum zugemutet, ein solches Riesentier mit so kümmerlichen Mitteln erlegen zu können, wäre er nicht von einem Glauben an das schier Unmögliche beseelt gewesen, dem Glauben an seine Macht über die Natur. Wie aber konnte er diesen Glauben gewinnen?

Natürlich mußte der Mensch, genauso wie jedes andere Lebewesen, das Umfeld seiner körperlichen Existenz kennen, um Nahrung zu finden und sich gegen Feinde schützen zu können – gegen Feinde aller Art, gegen alles, was sein Dasein bedrohte. Nur war es ihm – im Unterschied zum Tier, das durch sein instinktbestimmtes Verhalten eingegrenzt ist – gegeben, den Umkreis seiner Lebensbedingungen dadurch zu erweitern, daß er alles für seine Existenz Notwendige rings um sich zu beobachten vermochte, es verstand, Erfahrungen zu sammeln und zu verwerten. So wußte er allmählich immer besser Bescheid über das Verhalten jener Tiere, die er als Jagdbeute ersehnte.

Der Gedanke an diese außer ihm existierende und ihm zugleich so vertraute Welt der Tiere beschäftigte seinen Geist Tag und Nacht. Kein Wunder daher, daß die ersten Kunstschöpfungen der Menschen vor Zehntausenden von Jahren Darstellungen von Tieren waren – der von ihnen gejagten Tiere.

In der Welt der Mythen werden heroische, übermenschliche, heute kaum vorstellbare und unheimliche Taten überliefert. In einer von mythischem Denken und Fühlen beherrschten Welt sind die Grenzen des Menschenmöglichen und Unmöglichen, des Glaubbaren und Unglaublichen anders gezogen als in späteren Zeiten – das heißt, wenn es damals überhaupt solche Grenzen gab!

Viele Indianervölker glauben, daß sie von Tieren abstammen, daß ihre Urahnen Tiere waren und daß sie deren Blut und Geist in sich tragen. Die Grenzen zwischen der Welt der Menschen und der Tiere, zwischen dem Menschen und der Natur verfließen in einer noch nicht differenzierten, ununterscheidbaren Einheit und Zusammengehörigkeit.

Der Mensch mußte das Tier jagen, um sich am Leben zu erhalten. Er war auf das Tier angewiesen als Lebensspender, als Ernährer, und er war auch insofern *eins* mit dem Tier, als er es sich *einverleibte*, wurde es doch durch die Nahrungsaufnahme Teil seiner selbst. Materielles und Geistiges waren noch nicht auseinandergewachsen. Jedes Ding besaß seine eigene geheimnisvolle Kraft, die es – um es entsprechend heutiger Denkweise auszudrücken – gleichsam zu einer distinkten Persönlichkeit machte und es doch zugleich durch eine allem Seienden innewohnende geistige Substanz mit allen anderen Dingen in einer großen Gemeinsamkeit verband – Tieren, Pflanzen, Steinen, Sternen, die ja ebenso Persönlichkeiten waren. Alles und alle in diesem Universum waren miteinander verbunden, verwandt. Darum hielt es der Mensch für möglich, die Tiere, deren Fleisch er für seine

11

Nahrung benötigte, zu bitten, zu überreden, sich willig für ihn zu opfern. Als ihm verwandte Wesen waren sie seinen Worten, seinem rituellen Gebärdenspiel, seinen Beschwörungen und mystischen Gesängen zugänglich. Sie verstanden ihn. Hatte er sie getötet, so bat er sie um Verzeihung, tröstete sie wie einen verstorbenen Verwandten, einen teuren Toten, flehte sie an, sich nicht an ihm zu rächen, und versprach ihnen, mit entsprechenden Opferhandlungen für ihre – so darf man wohl sagen – »Seelen« zu sorgen. Waren es Pflanzen, die einer bestimmten Gruppe von Indianern als Hauptnahrungsquelle dienten, so wurde in ähnlicher Weise ihr Geist beschworen, den Menschen nicht zu zürnen, wenn er sie sammelte und verzehrte.

Die Pueblo-Völker Arizonas, Colorados und Neumexikos gründeten ihr geistiges Leben auf die Verehrung der Mais-Pflanze, die im wahrsten Sinn des Wortes ihre Mutter war: Kaum hatte ein Kind das Licht der Welt erblickt, wurde es durch Bestäuben mit heiligem Maismehl in eine menschliche Gemeinschaft aufgenommen, deren Denken und Fühlen bestimmt war vom Wachstum der Mais-Pflanze, von dem für ihr Wachstum unentbehrlichen Regen und so auch von den dafür erforderlich scheinenden Fruchtbarkeitsritualen. Nicht die leiblichen Eltern, sondern die Sonne als Lebensspender und der Mais als Nährmutter waren die eigentlichen, die spirituellen, die kosmischen Eltern des Kindes. Maskentänze, mit buntgefärbtem Maismehl geschmückte Altäre und Gesänge von großer Schönheit verweben diese Menschengemeinschaft so »natürlich« eng mit pflanzlichem Leben, daß man hier kaum von einer Einordnung in die Natur, sondern eher von einem Verschmelzen mit ihr, einer mehr als nur geistigen Verwandtschaft sprechen müßte. Wo sich ein solches Leben erhalten konnte, waren die Außen- und Innenwelt untrennbar miteinander verwoben, ineinander übergehend. Die Priester der Pueblo-Völker wanderten an bestimmten Tagen hinaus in die Maisfelder und baten die Vögel, »für den Regen zu singen«. Mensch, Pflanze, Vogel – eine große, universale, aneinander gebundene und füreinander bestimmte Gemeinschaft verwandter Wesen!

Unter den kanadischen Indianern gibt es einige Gruppen, die, ehe sie den Saft der Ahornbäume abzapfen, dem Geist des Baumes ein feierliches Opfer darbringen. In ihren Beschwörungen bitten sie dabei den Baum, ihnen zu verzeihen, daß sie ihn »seines Blutes berauben«. Der Baum, die Maispflanze, das Tier, der Vogel: Alle sind sie beseelte Wesen, dem Menschen ähnlich und doch sie selbst – ansprechbar, mitfühlend und verzeihend, wenn die Not gebietet, sich füreinander zu opfern. Die Grausamkeit des Kreislaufs der Natur, das Einander-Auffressen, Füreinander-Sterben-Müssen löst sich auf in einer Art verständnisvoller Opferbereitschaft im Sinne einer kaum noch als tragisch empfundenen Gesamtheit alles Seienden.

Der Jäger der Urzeit fühlte sich vermutlich ähnlich wie der Indianer insofern »sicher« im Kampf mit einem so riesenhaften Tier wie dem Mammut, weil er es als einen »Verwandten« empfand, der seine Not verstehen, den ihm zugefügten Schmerz und Tod verzeihen konnte. Trotzdem war Erfolg bei der Jagd für ihn ein Wunder – ein durch Zauber herbeigeführtes, erzwungenes Wunder.

Um im Kampf zwischen so ungleichen Partnern bestehen zu können, waren mehrere Voraussetzungen vonnöten, die sich auf den ersten Blick zu widersprechen scheinen. Aus heutiger Sicht müßte die erste und wichtigste Voraussetzung die durch lange Erfahrung gewonnene Kenntnis der Lebens- und Verhaltensweisen der gejagten Tiere sein. Aber damit wäre nur ein Teil des Jagdvorgangs erklärt. Für den heute oft als »Primitiven« erachteten Jäger früherer Kulturen war die »Einwilligung« des Tieres und die durch bestimmte Rituale vom Jäger zu diesem Zweck erworbene Zaubermacht der eigentliche Grund des Erfolgs. Hier jagte eine »Geistesmacht« – der durch das Ritual zaubermächtig gewordene und somit gestärkte Mensch – eine andere »Geistesmacht« – das Tier, das sich dem Zauber des Rituals gebeugt hat, von ihm bezwungen wurde, das somit zu seinem Tod als Opfer und Resultat der Opferhandlung eingewilligt hat. Die »Verwandtschaft« des Jägers und des gejagten Tieres, die zwischen diesen beiden – und letztendlich zwischen allen Dingen – bestehende Gemeinschaft in einem geistig miteinander verwobenen Ganzen ermöglichten Kommunikation und Einverständnis so unterschiedlicher Partner, also auch des Riesentiers und des körperlich viel schwächeren Jägers. Doch auch die Körperkraft des Jägers hat durch den Jagdzauber wesentlich zugenommen. Der tiefe Glaube an die eigene Unfehlbarkeit oder zumindest Treffsicherheit, die ein genau durchgeführtes Ritual den daran Beteiligten zu vermitteln vermag, bringt den Menschen in einen rauschähnlichen Erregungszustand, der ihm gleichsam zusätzliche Kräfte und eine seine »normalen« Fähigkeiten weit übersteigende Gewandtheit und Kühnheit verleiht.

Bei den Algonkin-Indianern hing der Medizinmann eine aus Gräsern geflochtene Puppe des zu erlegenden Tieres auf. Danach wurde bei gleichzeitigem Rezitieren einer bestimmten Zauberformel mit Pfeilen auf das Gras-Tier geschossen. Trafen die Pfeile an der richtigen Stelle, so war der Erfolg der Jagd »gesichert«. Das zu jagende Tier hatte dem Jäger seine »Einwilligung« kundgetan. Der Zauber »bewirkt« das Wunder! Um die Mitte des vorigen Jahrhunderts schilderte ein aufmerksamer Beobachter und Maler indianischen Lebens, George Catlin, sehr genau den Büffeltanz des kleinen Volkes der Mandan-Indianer: Durch mächtige Feinde bedrängt, wagten sich die Mandan nicht allzu weit von ihrem Siedlungsgebiet zu entfernen. Wenn es an Büffelherden innerhalb ihrer Jagdgründe mangelte, sammelten sich die Männer auf Geheiß des Häuptlings zum »Komm-herbei-Büffel-Tanz«. Jeder von ihnen besaß für solche Zwecke eine Büffelmaske – einen Büffelkopf samt Hörnern. Während die Männer Tag und Nacht zum Rhythmus der Trommeln und Rasseln tanzten, beobachteten auf den Hügeln ringsum Späher, ob sich Büffelherden zeigten. Die Männer – meist etwa ein Dutzend – tanzten mit Bogen und Speer in den Händen bis zur vollständigen Erschöpfung. Für George Catlin muß dieses Bild höchst erregend gewesen sein: Denn die Büffelkopfmasken waren mit Fellstreifen am Körper der Tanzenden befestigt und endeten in einem langen Schwanz, der bei den heftigen Sprüngen und Drehungen wie eine wirbelnde Schlange den Boden peitschte. War einer der Tänzer bis zum Umfallen ermattet, beugte er sich vorwärts, den Kopf zur Erde neigend. Dann wurde er von einem der Umstehenden mit einem stumpfen Pfeil symbolisch »getötet«, andere packten den scheinbar leblos Daliegenden bei den Fersen, schleppten ihn aus dem Kreis der Tanzenden heraus und schwangen ihre Messer über ihn, als ob sie ihm das Fell abzögen und sein Fleisch zerteilten – das Fleisch eines symbolisch getöteten Büffels. Erst nach dieser rituellen Handlung zu dem solchermaßen »Erlegten« durfte sich der Erschöpfte zur Ruhe begeben. Sein Platz war inzwischen von einem anderen Tänzer eingenommen worden.

Dieser »Komm-herbei-Büffel-Tanz« der Mandan war immer von Erfolg gekrönt; es wurde so lange getanzt – oft wochenlang –, bis sich irgendwo in der Nähe Büffel zeigten. Nach der Jagd wurde das beste Stück Fleisch dem Großen Geist dargebracht. Die Büffel waren mit seiner Hilfe und der durch ihn erlangten magischen Kraft der Tänzer »herbeigetanzt« worden.

Der Mythos und der mit ihm eng verwobene Glaube an magische Kräfte in einem beseelten Universum waren lebenswichtige Elemente im Geistesleben des Menschen und sind es in gewissem Sinne immer noch. Durch den Mythos wurde die unerklärbare, undurchschaubare und bedrohliche Umwelt des Menschen in seine, in die ihm eigene Welt einbezogen, ihr angeglichen, vermenschlicht; das bot ihm eine tröstliche, wenn auch für das rationale Denken imaginäre, fiktive Sicherheit im Umgang mit der Natur. Das Tier gehorchte dem Menschen, weil es ihm verwandt war, mit ihm fühlen konnte, ihn verstand; und nicht nur das Tier – selbst die Sonne, der Mond, die Sterne, die Berge und Flüsse gehorchten ihm oder kommunizierten mit ihm, als wären sie mehr oder minder gleichberechtigte, gleich oder zumindest ähnlich geartete, verständnisvolle Wesen. Ohne dieses mythische Wissen, diese im Kraftfeld unzähliger ineinanderspielender magischer Kräfte verhaftete Sicht der Welt wäre für den Menschen unter so harten Bedingungen ein Überleben kaum möglich gewesen. So unlogisch, unwissenschaftlich und unsinnig diese Art des Wissens heute erscheinen mag, zu ihrer Zeit war sie die verläßlichste Stütze der menschlichen Existenz, seine stärkste geistige Waffe im Kampf um das Überleben. Und wer ehrlich mit sich ist, wird nach einigem Bemühen und nach dem schmerzlichen Durchbrechen so mancher persönlich oder gesellschaftlich bedingten Tabus feststellen, daß auch im eigenen Leben der Mythos, das magische Denken seine Kraft und Bedeutung keineswegs verloren hat. Vermutlich schafft sich jeder Mensch ein mythisches Umfeld:

Vieles, das er in und um sich zu erringen, zu befriedigen oder verwirklichen sucht – seine Ideale, Idole, Hoffnungen, Lüste, Laster, Glaubensvorstellungen – all das ist eher aufgeladen mit magischen Kräften denn mit solchen, die der Realität, dem nüchternen Alltag standhalten. Der sogenannte »Primitive« war nicht weniger ernst bei der Suche nach der »Wahrheit« als es der strengste Wissenschaftler ist. Gegenüber beiden ist Verständnis, gegenüber beiden Ehrfurcht angemessen. Sie waren, sie bleiben Wegbereiter auf dem sich in der Ewigkeit verlierenden Pfad der Erkenntnis.

Die Indianer kennen keinen Eid, wie Eva Lips in ihrem »Indianer-Buch« deutlich macht. Sie gibt dort ein Gespräch mit Naskapi-Indianern wieder, in dessen Verlauf sie die Frage stellte: »Wenn du nun möchtest, daß man dir in einer fraglichen Sache glaubt (...) und wenn das Schicksal anderer Menschen von deinen Worten abhängt, wie beteuerst du die Wahrheit dieser deiner Worte?« »Beteuern, was ist das?« – Es wurde erklärt.

Die Antwort war ein geringschätziges Gelächter der versammelten Alten.

»Du hast uns nicht verstanden!«, bemerkte endlich einer aus der Gruppe, »wenn man etwas feierlich gefragt wird, so antwortet man. Das, was man zu sagen hat, ist in den Worten enthalten. Es ist das Wahre. Darüber hinaus gibt es nichts!« Für Menschen, die eine Übereinstimmung von Wort und Wahrheit, von Namen und Benanntem für selbstverständlich ansehen, ist die Macht des Wortes unvergleichlich größer als für Produzenten und Konsumenten von Wortklischees, abgenutzt und kaum noch auf ihren Wahrheitsgehalt überprüft, wie in den hochentwickelten Industriegesellschaften. Der Eid gilt – oder galt in unserer Kultur als heilig, wird im Gerichtssaal auf die Bibel geleistet, obzwar keineswegs jeder der so Schwörenden wirklich an die Wahrheit der für Juden und Christen Heiligen Schrift glaubt. Für den Indianer ist diese Heiligkeit im Wort selbst eingeschlossen, Bestandteil, ja Grundlage des Wortes. Das Wort bezeichnet Dinge – wahrheitsgemäß. Aber wären die Dinge nicht selbst heilig – das heißt: besäßen sie nicht ihren eigenen spirituellen Wert –, so könnten auch die sie bezeichnenden Wörter nicht heilig sein. Ein Indianer vermag in arger Bedrängnis jedes in seiner Nähe befindliche Ding oder Wesen als ansprechbaren Helfer in der Not zu betrachten, zu erfühlen. Das kann ein Stein, ein Baum, ja sogar sein Hund sein. Eben dieses Bewußtsein der verwandtschaftlichen Nähe mit und zu allem ist die mächtigste Quelle seiner Kraft. Alles, das da ist, besitzt Heiligkeit und steht dadurch in Beziehung zu jedem anderen Wesen oder Ding innerhalb des Universums. Diese Heiligkeit verbindet, macht alle zu Verwandten. Mit Verwandten kann man sprechen, man kann sie um Hilfe anflehen, ihnen seine Not klagen und sie um Trost bitten. Man darf sie aber auch nicht beleidigen, sie kränken. Würde der Indianer, der ein Tier getötet hat, um sich selbst am Leben zu erhalten, durch unachtsames, den Riten widersprechendes Verhalten, die Seele, den Geist des Tieres verletzen, hätte dies zur Folge, daß sich die gesamte Gattung des so gekränkten Tieres in Zukunft von ihm fernhalten würde, ihn hungern ließe. Auch hier zeigt das »wahre Wort«, das »richtige Wort«, die Beschwörung, die von Zauberworten begleitete Ritualhandlung zur Versöhnung des Tieres eine Verbundenheit des Indianers mit der Natur, die für uns bereits unverständlich, unvorstellbar geworden ist. So wie der Indianer zum Tier, zur Pflanze, zum Stein zu sprechen vermag, so vermögen auch die Dinge und Wesen zu ihm zu sprechen, sich ihm in visionärer Kommunikation zu offenbaren – vorausgesetzt, sein Herz ist rein, sein Geist offen und edel.

Aus dem tiefen Gefühl der Möglichkeit, ja Notwendigkeit verwandtschaftlicher Zwiesprache zwischen allen Wesen des Universums erklären sich auch die qualvollen Initiationsriten vieler Indianervölker, erklärt sich die von jedem Indianer heiß ersehnte Vision, jenes geistige und doch als wirklicher als die Wirklichkeit empfundene Übereinkommen oder Bündnis des Menschen mit einem Wesen der Natur.

Durch langes Fasten, durch Selbstverwundung, durch unvorstellbar schmerzhafte Rituale wie den Sonnentanz – bei welchem Jünglinge an durch die Brust- und Nackenhaut gestoßenen Pflöcken mit Seilen einen Pfahl emporgezogen und so hängend um diesen gedreht werden –, durch zahlreiche Proben des Mutes und der Ausdauer, durch unbeugsame Beharrlichkeit und die Fähigkeit, jedes Leid zu ertragen, durch all das werden geistige Zustände erzeugt, die den Menschen mit einem ihm schicksalshaft bestimmten außermenschlichen Wesen in engste Verbindung bringen sollen. Führen alle diese qualvollen Vorbereitungen nicht zur großen Vision, begegnet der eine Vision Ersehnende nicht einer solchen Zaubererscheinung, fühlt er sich verloren, preisgegeben, ausgestoßen aus der großen Gemeinschaft – der seines Volkes und der gesamten Natur.

Kommt es aber zu diesem Bündnis des Menschen mit einem Wesen der Natur, ist das zauberische Wesen, das sich ihm visionär – für ihn durchaus wirklich – naht, ein Biber oder ein Stein, ein Fuchs oder eine bestimmte Pflanze, so weiß er in Zukunft, an wen er sich als Beschützer, als Schutzgeist wenden soll, wer ihm bei der Arbeit oder im Krieg Kraft und Mut verleihen wird. Diese im Grunde genommen völlig subjektive Erfahrung teilt er nachher den Mitgliedern seines Volkes, seiner Gruppe mit und wird dementsprechend in diesen oder jenen Männerbund aufgenommen.

Es konnte sogar geschehen, daß ein Indianer von dem ihm während der Vision erschienenen Wesen beauftragt wurde, einen der Männerbünde umzugestalten, umzubenennen oder irgendeine Änderung in der Organisation des Verbands einzuleiten. Nur waren diese Umgestaltungen im allgemeinen auf Namensänderungen oder geringfügige Nuancierungen im herkömmlichen Ablauf eines bestimmten Rituals beschränkt.

Die Vision verleiht dem einzelnen Ansehen im eigenen Volk. Je nach dem ihm erschienenen Wesen legt er nun – vielleicht darf man sagen als Talisman – ein Stückchen von einem Biberfell, eine Feder, wenn das zauberische Wesen ein Vogel war, oder irgendein anderes seinen Schutzgeist und Kraftspender repräsentierendes Ding in einen Lederbeutel, der in der Indianer- Literatur für gewöhnlich als »Medizin-Beutel« bezeichnet wird. Für ihn ist dies ein Heiligtum von unschätzbarem Wert; es verbindet ihn aufs engste mit seinem Schutzgeist und verleiht ihm übersinnliche Kräfte.

In seinem Bericht über die Vision ist der Indianer entsprechend seinem Wahrheitsverständnis ehrlich, ogleich ihm eine Unwahrheit oder auch nur Übertreibung viel größeres Ansehen bringen könnte. Er steht zur Wahrheit, zu seinem Wort, denn das Wort bedeutet für ihn ja das wahre Wesen, das wahre Erlebnis; es bezeugt die Gültigkeit des in der Vision Erschauten. Täuschung machte den Wert, die Heiligkeit nur zunichte. Er ist einer Wahrheit begegnet, die für ihn, für die Gemeinschaft bedeutsam und segensreich sein soll. Verrat an dieser tiefinneren Wahrheit wäre ein tödliches Verbrechen!

Außer der Vision war und ist auch der Traum für den Indianer ein übersinnliches Erlebnis, das ihm Zugang zu großen Geheimnissen vermitteln und zauberische Kräfte verleihen kann. Das Geträumte besitzt für ihn einen so hohen Wirklichkeitsgrad, daß es nicht selten seine Handlungen, ja sein Leben bestimmt. Im Traum sprechen die Dinge zu ihm, raten ihm, dies oder das zu tun oder zu unterlassen. Dem nicht zu folgen, müßte ihm töricht erscheinen.

Ebenso wie die Visionen christlicher Mystiker selbst in ihren extremsten Phantasmen immer noch im geistigen Bereich christlicher Glaubensvorstellungen bleiben, verläuft auch das Visions- oder Traumerlebnis des Indianers innerhalb der Grenzen – wenn auch sehr weitgespannter – der Traditionen des Volkes, dem er angehört. Für gewöhnlich erscheint ihm ein Tier, ein Vogel, eine Pflanze – kurzum: irgendein Wesen oder Gebilde der Natur zuerst in menschlicher Gestalt, lehrt ihn eine besondere, nur für ihn bestimmte Zauberformel oder einen mystischen Gesang und verwandelt sich alsdann, ehe das geheimnisvolle Zusammentreffen zu Ende geht, wieder in sein wahres tierisches, pflanzliches oder andersartiges Wesen zurück.

Hier ist es unbedingt notwendig, sich wirklich in die Geisteswelt des Indianers hineinzuversetzen und dem, was ihm heilig scheint, nicht den Stempel eines Gottesgedankens aufzudrücken, der im christlichen Empfinden verwurzelt ist. Christliche Missionare haben zum Beispiel im Manito der Algonkin-Indianer, im Wakonda der Dakota, im Orenda der Irokesen eine Art übergeordnete, nahezu monotheistische Gottheit zu entdecken versucht. In Wirklichkeit ist in einem allbeseelten Universum eine göttliche Übermacht, eine allesbeherrschende Zentralgestalt göttlicher Größe ebenso ungewöhnlich, ja unmöglich, wie es in der irdischen Lebenswelt der Indianer die absolute Zentralmacht eines einzelnen Häuptlings wäre. In Übersetzungen aus indianischen Sprachen mag man gelegentlich nicht umhinkommen, von einem Sonnen- oder Feuergott zu sprechen. Doch wenn man nicht um die sprachliche Unzuverlässigkeit solcher Begriffe weiß und um die Hilflosigkeit des Übersetzers, wenn er nach Worten für ein in der Zielsprache nicht wiedergebbares Geistesgebilde ringt, dann sind solche Begriffe irreführend und mißverständlich, auch wenn sie unvermeidbar sind. Es ist daher geboten, Wörter wie Gott oder Geist in Übersetzungen aus Indianersprachen in dem Sinne zu verstehen, wie er in der Rekonstruktion eines allbeseelten, eines animistischen Weltbilds bereits skizziert wurde.

Unter Verwandten – im universalen Sinne – gibt es für den Indianer stärkere, mächtigere, auch zaubermächtigere natürlich; dennoch durchflicht sie alle ein unlösbar festes mystisches Band, gewoben aus den geheimnisvollen Kräften des Lebens, das sie aneinanderbindet und gegenseitig verpflichtet. Zwar mag dieser oder jener Zweig des allen gemeinsamen Großen Stammes für einen längeren oder kürzeren Zeitraum stärker, wirkungsmächtiger erscheinen, trotzdem kann ihm keine dauerhafte Übermacht oder gar Allmacht beschieden sein. Das erinnert an die »Opferhunde aus Stroh«, von denen der berühmte chinesische Philosoph Lau Dse (Lao- tse) in seinem »Dau-De-Dsching« (Tao-te-king), dem bekanntesten Buch der Taoisten, sagt, daß sie als geheiligte Kultgegenstände während der Zeremonie den Altar schmücken und verehrt, nach dem Opfer aber achtlos weggeworfen werden. Auch der Indianer vermag jedes Ding als Manifestation der geheimen Kräfte der Natur zu heiligen und zu verehren und zugleich doch als ihm gleichgestellt, ja untergeordnet zu betrachten.

Heiligkeit und Gleichheit oder Ähnlichkeit liegen in allen Wesen, allen Dingen. Gleichheit im Sinne von Allbeseeltheit ist eine Konstante; Heiligkeit ist das konzentrierte, geballte Hervortreten der allen gemeinsamen geheimen Kräfte in einem Wesen oder Ding zu einem bestimmten Zeitpunkt, für eine bestimmte Zeit.

Im Weltbild der Indianer gibt es eine gewisse Gemeinsamkeit der Anschauungen, die sich, trotz mancher Unterschiede, in allen der acht Kulturen der indianischen Völker Nordamerikas erkennen läßt, die sich voneinander sprachlich und in ihrem Brauchtum abgrenzen lassen.

Von der Bedeutung der Vision und des Traumes war bereits die Rede: Beide offenbaren im allbeseelten Universum des Indianers eine in seiner Geisteswelt sich gegenseitig durchdringende Einheit.

Das Wild wird erst magisch, rituell, also gleichsam visionär erlegt, um dann kraft dieses magischen Geschehens in Wirklichkeit erlegt zu werden. Ebenso wird das Wachstum des Mais oder einer anderen Pflanze magisch, rituell in die Vorstellungswelt des Indianers einbezogen, um nach seinem festen Glauben in der realen Welt emporwachsen und gedeihen zu können. Ohne diese von tiefem Glauben durchdrungene magische Welt wäre ihm die wirkliche Welt unbezwingbar und könnte demnach auch nicht bezwungen werden. Das erinnert an die Mammutjagd in der Gegend von Lehringen vor rund 80.000 Jahren: Wer gab damals den nur mit Eibenholzspeeren bewaffneten Jägern den Mut und die Kraft, sich an ein so gewaltiges Tier heranzuwagen? Vermutlic der tiefinnere Glaube an die eigene Zaubermacht über dieses Riesentier.

Während des Fastens und anderer selbstauferlegter Torturen, die dem jungen Indianer die Regionen des Visionären erschließen sollen, wird ihm vom »Medizinmann«, dem Weisen seines Volkes, seiner Gruppe, fortwährend eingeschärft, immer nur »daran zu denken«. In diesem »daran« liegt die ganze Weite und Breite der ihm bekannten, vertrauten Welt. Der Geist soll sich nur auf das eine Ziel konzentrieren: Sich für den Einstrom einer für ihn und sein Volk nützlichen Kraft aufzutun. In der Sprache des »Medizinmanns« heißt das: »Habe nichts in dir, und der Geist wird über dich kommen«.

Hier zeigt sich eine Ähnlichkeit mit den Meditationsübungen der Buddhisten, die die »Leere des Herzens« als Voraussetzung für das Erfassen der letzten Wahrheit empfehlen. Ein Auftun des Herzens, das Innesein des Selbst, Selbstvergessenheit also als Voraussetzung für den Einzug des Übersinnlichen, des Göttlichen in den Menschen finden sich als Grundgebot für das Erlangen höherer Erkenntnis in dieser oder jener Form in fast allen mystischen Schulen aller Zeiten. Der Indianer suchte keine Erlösung in außerirdischen Sphären, keine Vereinigung mit einer unpersönlichen göttlichen Substanz. In seinem Streben nach visionärer Erkenntnis durfte er oder mußte er sogar den Geistern der Natur seine völlige Hilflosigkeit kundtun, um ihr Mitleid, ein Gefühl verwandtschaftlicher Hilfsbereitschaft in ihnen zu erwecken. Offenbar waren auch die Torturen, die ihm für seine Kommunion mit den Geistern in der Natur nötig schienen, nicht unwesentlich von dem Wunsch beeinflußt, der Geister Herz zu rühren, sie ihm durch Mitleid geneigt zu machen.

Zu den Grundvorstellungen der Indianer gehört ein in allen ihren Handlungen immer wieder hervortretender Glaube an die Heiligkeit der Zahl Vier: In dieser Zahl verschmelzen die vier Jahreszeiten mit den vier Himmelsrichtungen und den vier Winden. Die vier Elemente – wie man neuzeitlich vielleicht sagen könnte – der Dakota korrespondieren mit den vier Farben und vier Himmelsgegenden. Daraus ergibt sich das folgende Bild von Entsprechungen:

Erde – Norden – Blau
Feuer – Osten – Rot
Wind – Süden – Schwarz
Wasser – Westen – Gelb.

Die Heiligkeit bestimmter Zahlen, die Korrespondenzen von Zahlen mit Himmelsrichtungen, Tieren oder Organen des menschlichen Körpers finden sich in der Geistesgeschichte vieler Völker. In dem vom »regulären Ablauf der Jahreszeiten« abhängigen Land der Gelben Erde, dem alten China, spielt die Vierzahl als Zahlensymbol für die vier Jahreszeiten sogar eine so bedeutende Rolle, daß sie das Grundgefüge des Satzbaus, der ältesten Lyrik und der klassischen Idiome beeinflussen konnte. Im mittelalterlichen Europa, in dem die Dreifaltigkeit Gottes als größtes Mysterium galt, wurde die Kunst, die Architektur weitgehend durch die Dreizahl als zahlenmystische Vorstellung bestimmt – man denke nur an

die Bildsymbolik, die dreischiffigen Dome, den Dreipart, das Triforium. Die Dreizahl und das Kreuz waren offenbar die emotional wirksamsten und geistig aussagekräftigsten Symbole des christlichen Glaubens für den mittelalterlichen Menschen in Europa. Wie erstaunt mußten die christlichen Missionare gewesen sein, als sie bei den Indianern, die sie zu bekehren kamen, das ihnen heilige Zeichen des Kreuzes vorfanden – wenn auch in einem ihnen als heidnisch erscheinenden Zusammenhang. Beim Busk genannten Fest des Grünen Mais der Creek-Indianer wurde über *vier* Balken kreuzweise das heilige Feuer entzündet, zur Ehre der *vier* Himmelsrichtungen, die wiederum die Urkraft der *vier* Winde, des Atems des Alls, in sich trugen.

In den Sprachen der Indianer wird Wind und Seele durch ein Wort ausgedrückt: Die Seele ist das den Wesen eingehauchte Grundelement des Seins und somit göttlich, zumindest heilig. Daß Gott dem Menschen den Odem des Lebens einhauchte, ist auch aus der Welt des biblischen Denkens bekannt. Die Verbindung von Kreuz mit Seele, dem göttlichen Atem, mußte den europäischen Missionaren als ihrem Gottesgedanken so verwandt vorgekommen sein, daß sie in der indianischen Interpretation nur Teufelswerk erblicken konnten.

Das Kreuz wurde von den Schwarzfuß-Indianern mit Steinen auf der Erde ausgelegt, um den Geist der Winde zu ehren. Und in der weiteren Assoziierung von Wind mit Regen, den regenspendenden Kräften des Alls, die für die Fruchtbarkeit der Natur sorgten, wurde das Zeichen der *vier* Himmelsrichtungen und *vier* Winde zu einem Zeichen des Lebens überhaupt. Damit ging auch noch der Symbolwert für Fruchtbarkeit, der Gedanke des Lebensbaums in das Kreuzeszeichen ein und durchdrang die Weltsicht der Indianer in allen Bereichen ihres Lebens, von den feierlichen Opferhandlungen bis zu den Gewohnheiten des Alltags. So wird berichtet, daß die Crow-Indianer, wenn sie morgens aus ihren Tipis traten, der Sonne *vier* Schritte entgegengingen. In den Mythen der Indianer erscheint die Vierzahl noch in unterschiedlichsten weiteren Zusammenhängen: Die Jäger warten *vier* Tage nach einer Vision, ehe sie sich auf die Jagd nach den ihnen verheißenen Tieren begeben. Beim schon erwähnten Fest des jungen Mais tanzen *vier* Männer und *vier* Frauen den »Kaulquappentanz«. In welchen universalen Zusammenhängen diese Vierzahl in das Bewußtsein und Gefühlsleben der Indianer eindrang, ließe sich nur ermessen, wenn man die Vielzahl der darin enthaltenen Vorstellungen in der Gesamtheit ihres Glaubens- und Gefühlsreichtums zu begreifen versuchte.

Erkenntnisse der vergleichenden Anthropologie bezeugen, daß bei fast allen Völkern der Erde heilbringende Wesen, die man in der Wissenschaft als Kulturheroen zu bezeichnen pflegt, am Anfang oder im Mittelpunkt ihrer mythischen Überlieferungen stehen. Die Indianer haben, wie auch andere Völker, je nach ihrer Daseinsweise diese oder jene

Errungenschaft in der Geschichte ihres Volkes, ihrer Gruppe in ihr mythisches Verständnis der Welt aufgenommen – in Verbindung mit bestimmten Menschen, Tieren, mit Pflanzen, der Sonne, den Gestirnen. Diese Heilsbringer sind sehr oft Tiere, wie zum Beispiel der Hase in den östlichen und südöstlichen Gebieten Nordamerikas, der Rabe im Nordwesten oder der Koyote bei den Indianervölkern der Rocky Mountains. Bei anderen findet sich ein menschliches Zwillingspaar als Wohltäter und Kulturbringer des Menschen, so bei den Irokesen.

In den Mythen der Sioux wird ein Feuerbringer verherrlicht, der auf Geheiß des »Großen Geistes« – hierzulande würde man es einen Zufallsakt nennen – die Kunst des Feuermachens entdeckte: Als dieser Sioux einmal, von der Jagd erschöpft, Rast macht, quirlt er einen Zweig gedankenlos gegen eine trockene Yucca-Pflanze. Ein blaues Wölkchen steigt auf. Der Duft des Rauchs entzückt ihn, und so quirlt er weiter, bis ein Flämmchen aufflackert.

Bei den Algonkin wird ein junger Mann namens Akayan von seinem älteren Bruder, dessen heimtückische Frau ihn zu der bösen Tat verleitet hatte, dem sicheren Tod preisgegeben. Ein »Biberhäuptling« rettet ihn und lehrt ihn die Geheimnisse des Bibervolkes. Er wird in das Zeremoniell des »Heiligen Biber-Bündels« eingeweiht und lernt von den freundlichen Bibern alle dafür nötigen Zauberformeln und Gesänge. Akayan ruft sodann alle Tiere auf, mit ihren Kräften die Zaubermacht des Heiligen Bündels noch weiter zu erhöhen, und »viele Tiere gaben willig ihr Fell oder ihre Haut für das Heilige Bündel her«. Der Specht, der Hirsch, der Elch und andere Tiere, mit Ausnahme des Frosches, lehren Akayan ihre heiligen Gesänge und Tänze. Als Krönung seiner großzügigen Hilfe für Akayan und dessen Volk

schenkt ihm der Biberhäuptling, nachdem ihm Akayan seinen jüngsten Sohn zurückgebracht hat, eine Heilige Pfeife und lehrt ihn alle die Gebete und Gesänge, die »für den rechten Gebrauch dieser Pfeife notwendig waren«.

Dieses Zeremoniell des »Heiligen Biberbündels«, das für die Identitätswahrung und das Bewußtsein der eigenen Zaubermacht und Lebenssicherheit im Einklang mit der Natur für die Algonkin offensichtlich sehr wichtig war, wurde, wie es am Ende der Mythe heißt, nach Akayans Tod »weitergeführt bis auf den heutigen Tag«.

Unter den sogenannten »Kultobjekten« der Indianer ist das wahrscheinlich wichtigste und auch bekannteste die Heilige Pfeife – in den populären Indianer-Büchern »Friedenspfeife« genannt. In dem Mythos von Akayan, der vom Biberhäuptling geheimes Wissen empfing, bildet die Übergabe der Heiligen Pfeife mit den dazugehörigen Beschwörungen und Gesängen den Höhepunkt der Einweihung in die Geheimnisse der Biber. Noch eindrücklicher wird die Bedeutsamkeit der Heiligen Pfeife in der Mythe von der Heiligen Büffelfrau dargestellt: Eine wunderschöne Frau, die sich im Ablauf der Geschichte »viermal um sich selbst dreht« und die sich jedesmal in einen Büffel von anderer Farbe verwandelt, kündet einem jungen Jäger an, daß sie im Lager seines Stammes erscheinen werde. Vier Tage (!) später erscheint dann auch die Heilige Frau im Lager. Sie betritt das für sie eigens aufgestellte heilige Zelt, in dem sie »im Sinne der Sonnenbahn mehrmals im Kreise« umhergeht. Schließlich entnimmt sie dem Heiligen Bündel, das sie mitgebracht hat, ein heiliges Ding und überreicht es dem Stammeshäuptling: Die Heilige Pfeife. Sie füllt die Pfeife mit Tabak und schreitet damit »viermal (!) um das Zelt herum, was einen Kreis ohne Ende bedeutet«. Dann zündet sie die Pfeife an. »So leuchtete die ewige Flamme auf, die Flamme, die von Generation zu Generation weitergegeben werden sollte«. Und »sie sagte ihnen auch, daß der Rauch, der aus dem Pfeifenkopf emporstieg, ein großes Mysterium – der lebende Atem des mächtigen Großvaters sei«.

Wenn der Rauch der Heiligen Pfeife dem »lebenden Atem des mächtigen Großvaters«, nämlich der Sonne, gleichgesetzt wird, kann die Pfeife als Erzeugerin dieses »großen Mysteriums« kaum als ein bloßes Kultinstrument gewertet werden: In ihr liegt eine geheime Kraft, die sie selbst heilig macht und mit den mächtigsten Kräften des Universums eng verbindet. In der Mythe von der »Heiligen Büffelfrau« zeigt diese den Menschen, »wie die Pfeife zu Großvater Himmel emporgehoben, zu Großmutter Erde herabgesenkt und gegen die vier Himmelsrichtungen gerichtet werden müsse«.

Daß die Heilige Pfeife nicht nur als materielles, sondern auch als geistiges Bindeglied zwischen den Menschen und den Kräften des Universums empfunden wurde, geht aus einer geradezu hymnischen Passage in dieser mythischen Erzählung hervor. Die Heilige Büffelfrau erklärt den Menschen: »Mit dieser Pfeife werdet ihr einhergehen wie ein lebendes Gebet. Mit den Füßen auf der Erde und dem Pfeifenstiel gegen den Himmel ragend werdet ihr eine lebende Brücke bilden zwischen den Heiligkeiten in den Höhen und den Tiefen des Alls. Wanka Tanka, der Große Geist, lächelt auf uns herab, da wir nun zusammengehören – Erde und Himmel, all die zahllosen Dinge, die Menschen, die zweibeinigen Tiere und die vierbeinigen, die Vögel, die Bäume und Gräser – alle, alle sind miteinander verwandt, alle, alle sind eine Familie! (…) Seht euch den Pfeifenkopf aus rotem Stein an (…). Er verkörpert den Büffel, aber auch Fleisch und Blut des Menschen. Der Büffel stellt das Universum dar, weil er auf vier Beinen steht: Diese nämlich bedeuten die vier Zeitalter (!) der Schöpfung und die vier Himmelsrichtungen (!)«. Die hohen geistigen Werte, die sich in diesem Mythos finden und die jeden, der unfähig ist, so mit der Natur zu kommunizieren, in Erstaunen setzen und beschämen, entspringen aus einer tiefen existentiellen Not – wie so manches im menschlichen Leben, das als rein geistig betrachtet wird. Die Sioux waren zu Anfang dieses mythischen Geschehens nahe dem Verhungern, nirgendwo zeigten sich Büffelherden. Da erschien die Heilige Büffelfrau und versah die Sioux mit einem mächtigen Zaubermittel. Der Mythos endet mit dem für die Existenz der Sioux entscheidenden Moment in den Offenbarungen der Heiligen Büffelfrau: »Kaum war die Gestalt der Heiligen Weißen Büffelfrau hinter dem Horizont entschwunden, zeigten sich überall große Herden von Büffeln, die sich willig töten ließen, um die Menschen am Leben zu erhalten. Von jenem Tag an gaben die Verwandten des Menschen, die Büffel, alles für sie her, was die Menschen zum Leben brauchten.«

Wer in sich hineinzuhorchen bereit ist, wird unschwer erkennen, daß auch wir »Heilige Pfeifen« benötigten, um unsere Gemeinsamkeit, unsere Gemeinschaft innerhalb des Menschengeschlechts und im Umgang mit der Natur in einem höheren Sinn zu erkennen und damit das Leben sinnvoller gestalten zu können. Ohne Mythologeme wäre das menschliche Leben unerträglich. Die Frage ist nur, wie echt, wie menschlich, wie tief empfunden, wie ehrlich sie sind!

In dem Mythos der Sioux von der Heiligen Pfeife wird gesagt, daß der Pfeifenkopf aus einem roten Stein geschnitzt wurde, der den Büffel verkörpert, aber »auch Fleisch und Blut des Menschen« ist. In den mittleren Gebieten der Prärie von Südminnesota gibt es einen Heiligen Steinbruch, der als ein Sanktuarium der Indianer allen zugänglich ist, die den für den Kopf der Heiligen Pfeife vorgeschriebenen roten Stein brechen wollen. Wissenschaftlich wird dieser rote Stein nach dem bereits erwähnten Maler und Beobachter indianischen Lebens, George Catlin, Catlinit genannt.

Wer sich dem Heiligen Steinbruch naht, muß seine Waffen zurücklassen. Hier herrscht das Gebot unverletzbaren Friedens selbst für verfeindete Völker oder Personen.

Nach den mythischen Überlieferungen soll dieser rote Stein Menschenfleisch sein, das tatsächlich zu Stein geworden ist: In den Zeiten der großen Flut – ebenfalls ein Mythos, der in seiner Ähnlichkeit mit der Sintfluterzählung der hebräischen Bibel den christlichen Missionaren wie eine Persiflage ihres Glaubens erscheinen mußte – ließen die Schildkröten der vier Himmelsrichtungen so lange Regen auf die Erde herabströmen, bis alle Völker sich vor der fortschreitenden Überschwemmung auf jenem Platz zusammenfanden, wo sich nun der Heilige Steinbruch befindet. Die immer höher steigende Flut preßte die Menschen so eng aneinander, daß sie schließlich, von den Wassermassen erdrückt, allesamt den Tod fanden. Nur eine Jungfrau namens Kwaptah wurde gerettet, indem sie sich an die Füße eines mächtigen Adlers klammerte, der sie zu einem noch aus den Fluten herausragenden Felsen trug. Mit diesem Adler vermählte sie sich und gebar ihm ein Zwillingspaar, einen Jungen und ein Mädchen, die dann die Ureltern des neuen Menschengeschlechts wurden. Alle Völker, die sich danach über die Erde verbreiteten, sind ihre Nachkommen. Der rote Stein aber ist das zu Stein erstarrte Fleisch und Blut der Urahnen der Menschheit. Im Bannkreis des Heiligen Steinbruchs gedenken die Indianer ihrer gemeinsamen Herkunft und der im Adler verkörperten Macht des Großen Geistes, der sie ihr Leben verdanken. Daher ist die Verpflichtung zu unverbrüchlichem Frieden in dieser Region von hoher spiritueller Bedeutung.

Nach all dem über die Heilige Pfeife bereits Gesagten läßt sich erahnen, welch tiefer Sinn in diesem selbst zu einem Heiligtum, zu einer traditionsgeladenen Geistesmacht gewordenen »Kultgegenstand« liegt: Wird bei Opferhandlungen in anderen Gebieten der Erde Weihrauch verbrannt, so bläst bei den Indianern der Häuptling oder Medizinmann Rauch aus der Heiligen Pfeife über den zu heiligenden Menschen oder Gegenstand. Dieser »Odem des mächtigen Großvaters« bewirkt Heiligung, wendet Unheil ab, verscheucht den Einfluß des Dämonischen und zaubert Segenbringendes herbei. So wird die Heilige Pfeife kraft der ihr innewohnenden und aus ihr wirkenden zauberischen Mächte auch zu einer Mittlerin in den Beziehungen der Menschen untereinander. In diesem Sinn entspricht sie dem in der Indianerliteratur geläufigen Begriff der »Friedenspfeife«: Mit der rituellen Handlung des gemeinsamen Pfeifenrauchens wurden fremde Menschen in den Volks-, Sippen- oder Familienverband aufgenommen, wurden Verträge und Übereinkommen zwischen verschiedenen Gruppen und Individuen geschlossen und wurde Frieden zwischen ihnen gestiftet. Denn der Rauch der Pfeife gehört den Bereichen des Übersinnlichen an und sammelt in sich die Wirkkräfte des Universums: All das bedeutet mehr als ein Eid, ein

Schwur. Das Wort eines Indianers, das ohnehin von absoluter Gültigkeit ist, verstärkt durch die heiligende Wirkung der Pfeife, galt und gilt in seiner Welt mehr als jeder Vertrag, der nach den Paragraphen und Regeln unpersönlicher Gesetze unter den sogenannten zivilisierten Völkern der Erde unterzeichnet und besiegelt wird.

Wie weit das universale Verwandtschaftsgefühl des Indianers zu gehen vermag, belegt schließlich der Mythos vom Schwitz-Zelt oder der Schwitz-Hütte: Dieses Zelt spielt bei den Indianern eine Nicht-Indianern kaum vorstellbare spirituelle Rolle. Auf erhitzte Steine wird in einer Hütte oder einem Zelt Wasser gegossen. In dem sich entwickelnden Dampf nimmt der Indianer, der sich für eine heilige Handlung oder für einen Kriegszug rüstet, ein reinigendes Schwitzbad, das ganz offensichtlich nicht nur reinigend für den Leib, sondern in viel stärkerem Maße zur Läuterung für den Geist, die Seele gedacht ist. Die ihn von den Dingen trennenden »Schmutzschichten« sollen entfernt werden. Darin erinnert das indianische Schwitzbad an die wöchentlichen Tauchbäder der Juden am Vortag des Shabbat oder an die Vorschriften der Buddhisten und Taoisten, die dem Adepten das Abstreifen des irdischen »Staubes und Schmutzes« zur Pflicht macht, der ihn lähmenden Schichten des Eigennutzes, der Begierden und der Selbstsucht, die sein Fortschreiten auf dem Pfad der Erkenntnis behindern. Nur handelt es sich hier um rein psychische Vorgänge, die körperlich nur durch Meditationsübungen unterstützt werden – vor allem durch ruhevolles Verharren in einer bestimmten Körperhaltung, um den Geist auf den Wesenskern, das Buddha-Herz, das wahre Selbst zu lenken. Eine so ungemein gründliche, oft mehrere Tage dauernde Reinigung wie im Schwitzbad der Indianer ist in diesen Religionen nicht zu finden.

Das Schwitz-Zelt wird im Mythos ausdrücklich als Mann bezeichnet, also vermenschlicht – besser: als menschliches oder dem Menschen verwandtes »vormenschliches Wesen« dargestellt. Es weiß vom baldigen Kommen des Menschengeschlechts und müht sich nun, dessen Ankunft auf Erden vorzubereiten. Außer dem Schwitz-Zelt gibt es in dieser Mythe in jenen fernen Zeiten nur das Tiervolk. Das Schwitz-Zelt ist »ein unter den Tieren angesehener, sehr kluger Mann« – ein Wesen also, das gleichsam die Eigenschaften eines Häuptlings der Tierwelt besitzt. Auch die Tiere sind in dieser Mythe menschenähnlich in all ihren Stärken und Schwächen, ja eigentlich wirkliche Menschen – »Vormenschen« sozusagen. Ebenso wie das Schwitz-Zelt warten sie auf das Erscheinen des Menschen, eines ihnen verwandten Lebewesens. Willig beugen sie sich der Ordnung, die Schwitz-Zelt für sie und das kommende Menschengeschlecht vorbereitet. Nachdem den Tieren – besser: Tier-Menschen – vom Schwitz-Zelt der ihnen gebührende »richtige Name« gegeben worden ist und die ihnen zustehenden Plätze im Universum zugewiesen worden sind, sie sich nach seiner Weisung dieser Ordnung gefügt

und sich in die für sie bestimmten Regionen zurückgezogen haben, steht das als Mann gedachte Schwitz-Zelt nun ganz allein da und erwägt seine eigene Bestimmung in der kommenden neuen Welt der Menschen. »Eine Zeitlang überlegte er im stillen, was noch zu tun sei. Bald werden die Menschen kommen, dachte er, und wenn sie gekommen sind, sollten sie auch etwas vorfinden, das ihnen Kraft gibt, eine reine und gute Kraft, die ihnen bei allem, was sie unternehmen, helfen soll. Ich werde mich ihnen zeigen als jemand, der ihnen von großem Nutzen sein kann, der ihnen zu helfen bereit ist. Wer immer mich aufsuchen sollte, dem will ich große Kraft verleihen, Kraft im Frieden und im Krieg. Was immer er unternehmen sollte, wird ihm gelingen. (...) Ich will ihnen eine schützende, schirmende Kraft sein und ihnen die geheime Macht verleihen, die sie als Menschen brauchen. (...) Dann kniete er sich hin, die Hände auf die Erde gestützt, und wartete auf das Erscheinen der Menschen. Und so kniet er noch heute als williger Helfer für jeden, der sich in ihm einschließt, sich von ihm reinigen und seine magischen Kräfte auf sich einwirken läßt. Denn die Reinigung, die das Schwitz-Zelt den Menschen zu geben vermag, gibt ihnen außerordentliche und geheime Kräfte in allem, was sie tun.«

Damit reiht sich auch das Schwitz-Zelt unter die »Kulturheroen« der Indianer ein, obgleich es aus materialistischer Perspektive ein lebloses Ding ist, das – logisch und nicht mythisch betrachtet – seine Existenz den Menschen zu verdanken hat, demnach auch nicht vor ihrem Erscheinen da sein konnte. Aber sprechen nicht auch naturwissenschaftlich aufgeklärte Menschen des ausgehenden Zwanzigsten Jahrhunderts leblosen und von Menschenhand geschaffenen Dingen, wie Statuen heiliger Personen oder einem Stein wie der Kaaba spirituelle Kräfte zu, ereignen sich nicht in Lourdes und an anderen Erscheinungsorten der Jungfrau Maria oder anderer Heiliger Wunder, die nur durch magische Kräfte oder zumindest durch den Glauben an sie zu erklären sind? Der Indianer kümmert sich nicht um logische Zusammenhänge nach dem Kausalgesetz. Für ihn ist die Tradition, der Mythos die Quelle der Wahrheit. Nur in einem wie auch immer – und sei es durch Mythen – erklärbar gewordenen Universum vermag der Mensch sich zu behaupten, zu glauben, seinen eigenen Kräften zu vertrauen. In dieser als Wirklichkeit empfundenen Erklärbarkeit allen Geschehens rings um sich ruht eine ungeheure Kraft. Hingegen bringt das Wissen, das Bewußtsein der Unerklärbarkeit, Undurchschaubarkeit der den Menschen umgebenden Welt, ja sogar seines eigenen Wesens, seines Körpers und Geistes, dem menschlichen Herzen Unruhe, quält den Verstand, vermag sogar seine Glaubensfähigkeit zu zerstören und sein Empfindungsvermögen zu schwächen. Wird diese Situation zur unbewältigten Sinnkrise, dann schafft sich der Mensch ideologieträchtige Mythologeme, die zwar vorgeben, wissenschaftlich begründet zu sein, ihrem Wesen nach aber immer den Charakter einer »Notlösung«, der Suche nach ichbezogener Erlösung aus der Not existentieller Bedrängnis besitzen. Die Bereitschaft, die »Einwilligung« zum Tod für »Gott, Kaiser und Vaterland«, für emotional großgezogene und hochgespielte Begriffe sehr vager Art, hinter denen sich, wie die Geschichte nur allzu deutlich – aber meist erst im nachhinein – zeigt, handfeste Interessen bestimmter gesellschaftlicher Kräfte verbergen, die kaum etwas mit »Gott« oder »Vaterland«, höchstens noch mit dem »Kaiser« zu tun haben, solche Bereitschaft entspringt offensichtlich ebenfalls Mythologemen, die sich durch Verlogenheit, Betrug und Selbstbetrug deutlich von den logischen Mythen der Indianer unter-

scheiden. Wieweit solche Mythologeme die Geschichte wei-
tergebracht, dem Heil und der Entwicklung des Menschengeschlechts, dem Glück der Menschen gedient haben, das
zu beurteilen bleibt jedem einzelnen überlassen, der zum
Nachdenken bereit ist und sich nicht vom Glanz fragwür-
diger Versprechungen und der durchaus nicht immer zu
edlen Zwecken genutzten Tradition blenden läßt.

Die Hingabe des Schwitz-Zelts für das Menschengeschlecht,
die tiefempfundene Verwandtschaft zwischen Mensch, Tier,
Baum, Sternen, der Maispflanze und allem, das die Natur
dem Menschen in ihrer unendlichen Fülle bietet, ist jeden-
falls ein Mythologem, das den Indianern für Jahrtausende ein
erfülltes, ein sinnvolles und wirklich soziales Leben ermög-
lichte. Daß es keinen Bestand haben konnte, liegt in den
Gesetzen der unaufhaltsamen Entfaltung immer neuer Mög-
lichkeiten in der Geschichte der Menschheit.

Sollen wir über den Verlust dieser Geisteswelt trauern? Sollen wir auf unsere neuzeitlichen Errungenschaften stolz sein?
Sollen wir bedauern, daß uns all unser Fortschritt beileibe
nicht das von uns erträumte, ersehnte Glück gebracht hat?
Wer dürfte, wer wagte, darüber ein endgültiges Urteil zu
fällen?

Wie die Erde entstand

Cherokee

Zu Beginn der Welt war die Erde von Wasser bedeckt. Aber es gab auch schon Lebewesen. Sie hausten hoch oben über dem Regenbogen. Dort herrschte ein schreckliches Gedränge, und die Tiere meinten: Hier ist es zu eng für uns, wir brauchen mehr Platz. Auch waren sie neugierig auf die Wasserwelt und beschlossen, den Gelbrandkäfer hinabzusenden. Er flog über die Wasseroberfläche, ohne festes Land zu entdecken, tauchte in die Fluten und kam mit einem Erdklumpen beladen hervor. Durch Zauberkraft dehnte sich dieser nach allen vier Himmelsrichtungen aus, bis eine große Fläche entstand, die wir Erde nennen. Mit Lederseilen an den heiligen vier Spitzen der Weltenden von einer unsichtbaren Macht befestigt, schwamm die Erde wie eine große Insel über dem Wasser. Die Seile hingen an der Himmelsdecke, die aus hartem Bergkristall bestand.

Anfänglich war die Erde flach, weich und sumpfig. Da die Tiere aber möglichst bald auf ihr leben wollten, schickten sie immer wieder Vögel aus. Diese fanden jedoch nirgends festes Land, auf dem man sich niederlassen konnte. Sie kehrten zurück und meldeten, daß die Erde noch viel zu morastig sei.

Schließlich entsandten die Tiere den Großvater Bussard. Er flog über Sümpfe und Tümpel, dicht über dem Boden, und entdeckte endlich eine Stelle, wo die Erde zu trocknen begann. Dort ließen sich in späterer Zeit Cherokees nieder. Der lange Flug ermüdete den Bussard so sehr, daß er immer

tiefer sank, bis seine Flügel schließlich hier und da den Boden streiften. An solchen Stellen entstanden Täler, und dort, wo die Flügel morastigen Grund zusammenfegten, bildeten sich Berge. Die Tiere sahen das und sagten zueinander: Wenn er so weitermacht, wird die Erde nur noch aus Gebirgen bestehen. Deshalb riefen sie ihn zurück.

Es dauerte noch lange, bis die Erde derart trocken war, daß die Tiere sie betreten konnten. Noch immer war es dort pechfinster; es gab weder Sonne noch Mond. Laß uns die Sonne holen, die sich hinter dem Regenbogen versteckt! riefen die Tiere, zogen sie auf die Erde herunter und befahlen ihr, sich von Osten nach Westen zu bewegen.

Nun hatten sie viel Licht, aber auch eine unerträgliche Hitze. Die Sonne war der Erde zu nah. Eines Tages verbrannte die Sonne mit ihrer Glut den Rücken eines Panzerkrebses, der auf dem Wasser trieb. Das verdarb sein Fleisch. Seitdem ißt kein Mensch mehr Panzerkrebse.

Die Tiere baten die Schamanen, die Sonne höher anzubringen. Diese taten, wie ihnen geheißen: sie hoben die Sonne an und hängten sie in Manneshöhe auf. Doch auch dann schien der Glühball noch viel zu heiß auf die Erde herab. Und erst, als die Schamanen die Sonne zu vierfacher Manneshöhe emporgehoben hatten, gab sie die richtige Wärme. Jedermann war zufrieden, und die Sonne blieb dort.

Bevor die Menschen gezeugt wurden, schuf die unsichtbare Macht Pflanzen und Tiere und gebot ihnen, sieben Tage und sieben Nächte zu wachen. (Das tun unsere jungen Männer noch heute; sie fasten in dieser Zeit, um sich auf die Feier ihrer Mannbarkeit vorzubereiten.) Freilich hielten die meisten Pflanzen und Tiere das Wachen so lange nicht aus; manche schliefen schon nach einem Tag ein, andere nach zwei oder drei Tagen. Nur die Eule und der Puma waren tatsächlich sieben Tage und sieben Nächte lang wach geblieben. Deshalb wurde ihnen die Gabe verliehen, im nächtlichen Dunkel zu sehen und zu jagen.

Auch die Zeder, die Kiefer, die Stechpalme und der Lorbeerbaum waren am achten Morgen noch wach. Da ihr sieben Tage und Nächte ohne Schlaf zugebracht habt, werdet ihr euer Grün auch im Winter nicht verlieren, sprach die unsichtbare Macht. Und seitdem bleiben diese Bäume das ganze Jahr hindurch grün.

Nach der Erschaffung von Pflanzen und Tieren schuf die unsichtbare Macht einen Mann und diesem eine Schwester. Der Mann stach die Frau mit einem Fisch und hieß sie, ein Kind zu gebären. Nach sieben Tagen gebar sie das Kind, und nach weiteren sieben Tagen ein zweites. Danach brachte die Frau alle sieben Tage ein Kind zur Welt, bis die unsichtbare Macht befürchtete, daß die Menschen auf der Erde zu zahlreich würden. Da bestimmte die unsichtbare Macht, daß eine Frau nur einmal im Jahr ein Kind gebären sollte.

Es gibt noch eine andere Welt unter der unseren. Man gelangt dorthin, wenn man an der Quelle eines Flusses durch ein Wasserloch hinabsteigt. Dies ist nur dann möglich, wenn man von einem Menschen der Unterwelt geführt wird. Die unterirdische Welt gleicht der unseren, nur mit dem Unterschied, daß es dort Winter ist, wenn wir hier Sommer haben. Das ist auch der Grund, warum Quellwasser im Winter wärmer ist als die Luft und während der Hitze im Sommer kühler.

Wie die Menschen
aus Geisterknochen erschaffen wurden

Modoc

Kumush, der Urvater, stieg mit seiner Tochter in die Unterwelt hinab. Ein langer steiler Weg führte zu diesem wundersamen Ort. Dort lebten eine Unzahl von Geistern – mehr als Sterne am Himmel, mehr als all die Haare der Tiere in der ganzen Welt.

In der Nacht versammelten sich die Geister auf einer großen Ebene. Sie tanzten und sangen die ganze Nacht hindurch. Erst im Morgengrauen begaben sie sich zurück in ihre Häuser, legten sich hin und verwandelten sich in Gerippe.

Nachdem Kumush sechs Tage und sechs Nächte in dieser finsteren Welt verbracht hatte, begann er sich nach Licht und Sonne zu sehnen. So beschloß er, in die Oberwelt zurückzukehren und einige Geister mit sich zu nehmen, um die noch menschenleere Welt zu bevölkern.

Mit einem Korb in der Hand ging Kumush durch die Geisterhäuser und wählte sich Knochen aus, von denen er dachte, daß sie für die Gründung des einen oder des anderen Stammes gut sein könnten. Dann befestigte er seinen Korb mittels eines Lederriemens auf seinem Rücken und stieg mit seiner Tochter den steilen Weg zur Oberwelt hinauf. Als er sich aber seinem Ziel näherte, rutschte er aus und stürzte. Die Knochen fielen aus dem Korb heraus und verwandelten sich augenblicklich in Geister. Mit lautem Geschrei eilten diese in ihre Häuser zurück, legten sich hin und wurden wieder Gerippe.

Darauf füllte Kumush ein zweites Mal seinen Korb mit Geisterknochen und begab sich in Begleitung seiner Tochter erneut auf den Weg in die Oberwelt. Doch wiederum glitt er aus und fiel hin. Und auch diesmal kehrten die Geister lärmend und klagend zurück in ihre Häuser.

Nun füllte Kumush ein drittes Mal seinen Korb und sprach mißgelaunt zu den Geistern: Ihr bildet euch nur ein, daß ihr hier im Dunkel besser leben könnt! Wenn ihr erst mein Land gesehen habt, wo die Sonne scheint, werdet ihr nie wieder in eure finstere Welt zurückkehren wollen!

Wieder machten sich Kumush und seine Tochter mit dem Korb voller Knochen auf den Weg in die Oberwelt. Als beide den steilen Pfad endlich erklommen hatten, warf Kumush den Korb auf die sonnenbestrahlte Erde. Indianerknochen sind das! rief er freudig.

Nun ging Kumush daran, die Knochen in Häufchen zu ordnen und zu bestimmen, in welcher Gegend welcher Indianerstamm angesiedelt werden sollte. Nachdem er so Ordnung geschaffen hatte, begann er die Geisterknochen in verschiedene Himmelsrichtungen zu werfen und gab ihnen gleichzeitig ihre Stammesnamen.

Ihr sollt Shasta-Indianer heißen und tapfere Krieger sein! sagte er zu den Knochen, die er nach Westen warf. Auch ihr sollt kühne Krieger sein! sprach er zu zwei anderen Häufchen von Knochen, und er benannte sie Pit-River- und Warm-Springs-Indianer. Das nächste Häufchen von Knochen warf er nach Norden. Euch nenne ich Klamath-Indianer! rief er. Ihr werdet so furchtsam wie Frauen sein. Zu guten Kriegern taugt ihr nicht. Als er dann die Knochen von sich warf, aus denen die Modoc-Indianer werden sollten, sprach er: Ihr werdet die tapfersten Krieger und darum mein auserwähltes Volk sein. Obgleich ihr nur einen kleinen

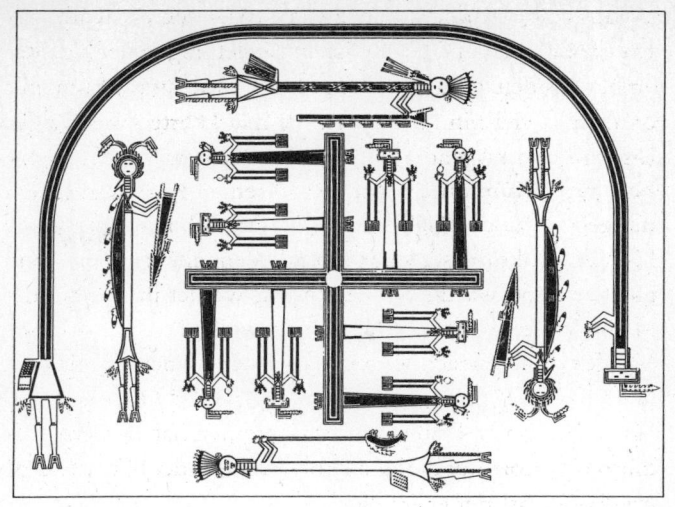

Stamm bilden werdet, umgeben von vielen Feinden, bleibt doch keiner am Leben, der sich gegen euch wendet. Auch sollt ihr meinen Platz einnehmen, wenn ich einst von hinnen gegangen bin. Ich, Kumush, habe gesprochen!

Nach einer Weile fügte er hinzu: Außerdem sollt ihr einige Männer unter euch auswählen und sie in die Berge schicken, um dort zu beten, daß sie tapfer und weise werden mögen. Und wenn der Große Geist ihre Gebete erhört, so wird ihnen die Macht gegeben sein, sich selbst und allen anderen zu helfen.

Dann nannte Kumush die Namen von allerlei Arten Fisch und Getier, die die Menschen essen durften. Und kaum hatte er ihre Namen ausgesprochen, füllten sich schon Flüsse und Seen mit Fischen, und in den Ebenen und Wäldern erschienen Tiere. Auch eßbare Wurzeln, Beeren und andere Pflanzen nannte er bei ihren Namen. So wurde alles geschaffen, wie er es sich gedacht und ausgesprochen hatte.

Danach teilte er die Arbeit unter den Menschen ein und verkündete für sie als Gesetz: Die Männer sollen Fische fangen, jagen und kämpfen; die Frauen sollen sich um Holz und Wasser kümmern, Beeren pflücken, Wurzeln suchen und für ihre Familien kochen. So soll es sein, denn das ist mein Wille! sprach Kumush.

In dieser Weise vollendete Kumush sein Werk auf der Oberwelt. Dann ging er zum östlichen Rand der Erde, wo die Sonne aufgeht. Er wanderte entlang der Sonnenstraße und erreichte die Himmelsmitte. Dort baute er für sich und seine Tochter ein Haus, wo sie noch heute leben.

Die Stimme, die Flut und die Schildkröte

Caddo

Einst brachte die Frau eines Häuptlings zum Schrecken und Erstaunen der Dorfbewohner vier kleine Ungeheuer zur Welt. Die Stammesältesten sagten: Diese merkwürdigen Geschöpfe werden uns viel Unglück bringen. Wir sollten sie lieber gleich töten, ehe sie unseren Stamm in Gefahr bringen.

Niemals! Wenn sie etwas größer geworden sind, werden sie wie alle übrigen Kinder aussehen, erwiderte empört die Mutter.

Die Ungeheuer hatten vier Arme und vier Beine. Sie wuchsen viel schneller heran als die anderen Kinder. Aus reiner Bosheit verprügelten sie ihre Spielgefährten, zerstörten Tipis, zerrissen Felldecken und stahlen anderer Leute Speisen.

Ein weiser Mann, der in die Zukunft sehen konnte, sagte: Tötet diese sonderbaren Kinder, ehe sie uns umbringen!

Gib ihnen Zeit! Sie werden sich bestimmt bessern, entgegnete die Mutter und nahm ihre Kinder abermals in Schutz.

Je älter aber die Ungeheuer wurden, desto bösartiger benahmen sie sich. Als sie begannen, Menschen zu erschlagen und aufzufressen, taten sich die Männer des Stammes zusammen und beschlossen, die Ungeheuer umzubringen. Da war es aber schon zu spät, denn diese hatten sich mittlerweile zu so riesengroßen und starken Wesen entwickelt, daß niemand ihnen gewachsen war.

Eines Tages stellten sich die Ungeheuer mitten im Dorf Rücken an Rücken auf; einer mit dem Gesicht gegen Osten, einer gegen Süden, einer gegen Westen und der vierte gegen Norden. Zur größten Verwunderung der Dorfbewohner schmolzen ihre Rücken zusammen, und sie verwandelten sich plötzlich in ein Wesen mit vier Köpfen. Das sonderbare Wesen wuchs und wuchs, und schließlich war es so hoch emporgewachsen, daß seine Köpfe den Himmel streiften. In panischer Angst verbargen sich die Menschen zu seinen Füßen, denn seiner Größe wegen konnte es sich nicht mehr bücken. Jene aber, die in anderer Weise die Flucht suchten, fing das Ungetüm mit seinen langen Armen und fraß sie auf. Eines Tages hörte ein Mann, der in die Zukunft sehen konnte, eine Stimme. Sie gebot ihm, ein hohles Schilfrohr in die Erde zu pflanzen. Der Mann folgte diesem Gebot, und verwundert sah er, wie schnell das Schilfrohr an Wuchs gewann. Bald erreichte seine Spitze den Himmel.

Und wieder hörte er die Stimme: Ich werde eine Flut über die Erde kommen lassen, und wenn du merkst, daß das Wasser höher und höher steigt, krieche mit deinem Weib nackt in das Schilfrohr hinein. Nehmt euch einige gute Tiere mit. Klettert bis an die Spitze des Rohrs und verweilt dort. Was für ein Zeichen wirst du mir geben? fragte der weise Mann. Wenn alle Vögel – Waldvögel, Seevögel, Wüstenvögel und Gebirgsvögel – in Scharen von Norden nach Süden fliegen, das wird mein Zeichen sein. Achte auf die Vögel!

Und eines Tages sah der Mann tatsächlich Vögel, die in Scharen nach Süden flogen. Sogleich kroch er, wie von der Stimme befohlen, mit seinem Weib und den Tieren in das Schilfrohr hinein.

Dann begann es Tag und Nacht unaufhörlich und in Strömen zu regnen. Das Wasser überflutete die Erde, so daß man nur noch die Spitze des Schilfrohrs und die vier Köpfe des

Ungeheuers sah. Im Schilfrohr vernahmen der Mann und sein Weib wieder die Stimme: Jetzt werde ich die Schildkröte entsenden, um das Ungeheur zu töten.

Brüder, wir werden schwächer und schwächer, bald werden wir nicht mehr stehen können, sagten die Köpfe des Ungeheuers zueinander. Die wogenden Fluten drohten es mitzureißen. Nun begann die Schildkröte unter den Füßen des Ungeheuers zu graben und nahm ihm allmählich den Halt. Es fiel um und zerbarst. Seine Köpfe trennten sich vom Rumpf und sanken hinab; einer gegen Norden, einer gegen Süden, einer gegen Westen und der vierte gegen Osten. So entstanden die vier Himmelsrichtungen.

Nachdem das Ungeheuer ertrunken war, begann der Wasserspiegel zu sinken. Die Bergspitzen wurden wieder sichtbar, die Winde trockneten den Erdboden. Der Mann stieg hinab bis zu den Wurzeln des Schilfrohrs und grub ein Loch. Durch die Öffnung betastete er mit einer Hand den Erdboden. Komm heraus, die Erde ist fest! sagte er zu seinem Weib. So verließen sie mit den Tieren das Schilfrohr und betraten die kahle Erde. Still war es ringsumher.

Mann, hier wächst ja nichts. Nackt sind wir auch. Wie sollen wir denn leben? fragte das Weib.

Geh schlafen, antwortete der Mann.

Als sie am Morgen erwachten, waren mehrere Arten von Kräutern emporgeschossen. In der zweiten Nacht wuchsen

Sträucher und Bäume. Mann und Frau hatten nun Holz, um Feuer zu machen und sich zu wärmen. Auch Bogen und Pfeile konnten sie fertigen. In der dritten Nacht bedeckte Gras die Erde. Und am Morgen darauf konnte man Tiere friedlich auf der Weide grasen sehen. Am vierten Tag wachte das Paar in einer Grashütte auf. Vor der Hütte wuchs ein Maisstengel. Der heilige Mais wird eure Nahrung sein, sprach die Stimme und lehrte die Frau, wie man Mais pflanzt und erntet. Jetzt habt ihr alles, was ihr zum Leben braucht. Ihr werdet Kinder haben und mit eurer Nachkommenschaft die Erde bevölkern. Wenn ihr Frauen Mais pflanzt und statt dessen etwas anderes wächst, dann sollt ihr wissen, daß das Ende der Welt herannaht.

Danach hörten sie die Stimme nie wieder.

Der Erddrachen

Indianer der Nordküste Kaliforniens

Ehe unsere Welt geschaffen wurde, gab es eine andere Welt mit einem Himmel aus Sandsteinfelsen. Dort lebten zwei Götter – der Donnergott und der Gott Nagaicho. Einst sahen sie, daß ihr Himmel von einem Donnerschlag beschädigt worden war.

Der Himmel ist schon alt, sagten die Götter. Wir werden ihn erneuern, indem wir ihn höher nach Osten ausdehnen. Nachdem sie den Sandsteinfelsen gedehnt hatten, stellten sie an jedem Himmelsende eine große Felsensäule auf, um den Himmel zu stützen. Dann begannen sie Dinge zu formen, die das Leben der Menschen auf der Welt angenehm machen sollten. Im Süden schufen sie Blumen. Sie zündeten Feuer an und formten Wolken, die sie im Osten an den Himmel hängten, damit die Menschen von der sengenden Sonne keine Kopfschmerzen bekämen. Im Westen machten sie ein Loch, so daß der Nebel vom Ozean in den Himmel steigen konnte.

Dann schufen die beiden Götter aus Lehm einen Mann. Sie stopften seinen Bauch mit Gras voll. Aus einem anderen Bündel von Gras machten sie sein Herz. Runde Lehmstücke verwandten sie für Leber und Nieren und setzten ihm ein Schilfrohr als Luftröhre ein. Sie zermalmten rotes Gestein zu Staub, vermischten es mit Wasser, und daraus wurde das Blut. Nachdem auch seine Geschlechtsteile geformt waren, schnitten sie eines seiner Beine auf und schufen aus dessen Fleisch eine Frau. Als dies getan war, schufen die Götter die

Sonne, um den Tag zu erhellen, und den Mond, um die Nacht zu erleuchten. Doch all dies war nicht von langer Dauer, denn alsbald regnete es in Strömen, Tag und Nacht und Nacht und Tag. Allmählich verschwanden große Landflächen in den Fluten. Es flossen die Ozeane ineinander, und man sah keine Felder, keine Berge, keine Bäume, kein Gras, keine Tiere und Vögel mehr. Alles wurde von den Fluten weggeschwemmt. Kein Wind blies mehr von der Himmelspforte. Es fiel kein Schnee, noch gab es Frost. Es donnerte und es blitzte auch nicht mehr, weil es keine Bäume mehr gab, in die der Blitz hätte einschlagen können. Weder Wolken noch Nebel gab es. Die Sonne schien nicht mehr. Überall herrschte Wasser und Finsternis.

Da tauchte der langhörnige Erddrachen ins Wasser hinab. Als er im Ozean dahinschwamm, reichte ihm das Wasser bis zu den Schultern. Auf seinem Kopf saß der Gott Nagaicho. An einer seichten Stelle reckte der Erddrachen seinen Kopf empor und schaute zum Himmel hinauf. Und sogleich ragten gewaltige Felsen aus dem Wasser. Im Osten, unter der aufgehenden Sonne, blickte er wieder zum Himmel, und

gleich einem Wunder tauchte in der Nähe der Küste eine Insel auf. Als er auf dem Weg nach dem fernen Süden war, richtete der Erddrachen seinen Blick unentwegt zum Himmel hinauf und ließ so eine Gebirgskette aus dem Wasser erstehen. Aber im Süden angelangt, legte sich der Drache nieder und ruhte. Nagaicho richtete den Kopf des Drachen geradeaus und streute graufarbigen Lehm auf dessen Haupt sowie auf jedes seiner Hörner. Den Lehm bedeckte er mit einer Schicht von Schilfgras, auf die er wieder eine Lage Lehm strich. Dann setzte er kleine Steine darauf und bepflanzte alles mit Gras, Sträuchern und Bäumen. Auf diese Weise wurde das Antlitz der Erde grün.

Ich bin fertig, sagte Nagaicho.

Dann erschienen Menschen. Sie trugen Tiernamen. Später, als die Indianer die Erde besiedelten, wurden »diese ersten Menschen« in jene Tiere verwandelt, deren Namen sie hatten.

Die Robbe, der Seelöwe und der Grislybär bauten ein Tanzhaus. Eine Frau, die Wal hieß, war fett. Deswegen gibt es auch heute so viele beleibte Indianerinnen.

Der Gott Nagaicho schuf eßbare Arten von Meerestieren und Meerespflanzen, damit die Menschen sich von ihnen ernähren konnten. Dann machte er Salz aus Meeresschaum. Er ließ das Wasser im Ozean hohe Wellen schlagen und sagte, daß dieser immer in Bewegung sein werde. Wale kamen zur Küste geschwommen. Die Menschen fingen und aßen sie.

Der Gott Nagaicho ließ auf dem Schwanz des Erddrachens rote Sandelholzbäume wachsen und viele andere Bäume mehr. Auch für frisches Wasser sorgte er. Er formte Flüsse, indem er mit seinem Fuß Furchen in die Erde zog und diese mit Wasser füllte. Dann pflanzte er eine Fülle von Eichen.

Auch von ihren Früchten, den Eicheln, ernährten sich die Menschen.

Nachdem Nagaicho sein Werk vollbracht hatte, besuchte er mit seinem Hund alle Orte dieser Welt und machte die Erde zu einem Platz, auf dem die Menschen sich wohl fühlen konnten. Als sie sich dem Anfangspunkt ihrer Wanderung im Norden näherten, sagte Nagaicho zu seinem Hund: Wir sind bald zu Haus. Dort werden wir bleiben.

Er verließ die Welt der Menschen und lebt nun im Norden.

Die vier Welten

Hopi

TOKPELA: DIE ERSTE WELT

Die Erste Welt war Tokpela – unendlicher Raum. Zuerst, so heißt es, gab es nur den Schöpfer Taiowa. Alles übrige war unendliche Leere ohne Anfang, ohne Ende, ohne Zeit, ohne Form, ohne Leben. In dieser unermeßlichen Leere waren Anfang und Ende, Zeit, Form und Leben allein im Geist des Schöpfers Taiowa.

Denn er, der Unbegrenzte, erdachte das Begrenzte. Zuerst schuf er Sótuknang, um das Begrenzte sichtbar zu machen, und er sprach zu ihm: Ich habe dich erschaffen als erste Kraft und als Werkzeug, daß du ausführen mögest meinen Plan für das Leben im unendlichen Raum. Ich bin dein Onkel. Du bist mein Neffe. Geh nun und errichte diese Welt in geeigneter Ordnung, daß alle Dinge harmonisch miteinander auskommen und zusammenwirken mögen nach meinem Plan.

Sótuknang tat, wie ihm befohlen worden war. Aus dem unendlichen Raum fügte er zusammen, was als feste Masse erscheinen sollte, knetete es zu Formen, die er in neun Reiche verteilte: eines für Taiowa, den Schöpfer, eines für sich selbst und sieben Reiche für das Leben, das entstehen sollte. Nachdem er dies vollbracht, begab sich Sótuknang zu Taiowa und fragte: Ist all dies nach deinem Plan?

Du hast wohlgetan, sprach Taiowa. Nun wünsche ich, daß du Gleiches tust mit den Gewässern. Verteile sie nach entsprechenden Maßen, daß jedem der Reiche das Seine zukommt.

So sammelte Sótuknang vom unendlichen Raum das, was als Gewässer sichtbar werden sollte, und verteilte es über die Reiche, damit jedes von ihnen zur Hälfte aus festem Stoff und zur Hälfte aus Wasser bestehen möge. Und wieder begab er sich zu Taiowa und sagte: Ich möchte, daß du das Werk betrachtest, das ich geschaffen habe, und daß du mir sagst, ob es Gefallen bei dir findet.

Du hast wohlgetan, sprach Taiowa. Das nächste, was du zu tun hast, ist die Kräfte der Luft ringsum zu friedlicher Bewegung zu bringen.

Auch das tat Sótuknang. Vom unendlichen Raum sammelte er, was zu Winden werden sollte, formte es zu gewaltigen Atemkräften und verteilte diese als milde und geordnete Bewegung rings um jedes der Reiche.

Taiowa gefiel Sótuknangs Werk wohl. Du hast eine große Arbeit vollbracht gemäß meinem Plan, Neffe, sprach er. Du hast die neun Reiche geschaffen und sie sichtbar gemacht in festem Stoff, und auch die Gewässer und Winde und alles übrige ist durch dich an seinem rechten Platz untergebracht. Doch dein Werk hat damit noch nicht sein Ende. Du mußt nun Leben schaffen mit seiner regsamen Beweglichkeit, um zu vollenden meinen allumfassenden Plan.

Sótuknang begab sich in jene Regionen des Alls, wo Tokpela, die Erste Welt, entstehen sollte. Dort schuf er die Spinnenfrau.

Als die Spinnenfrau zum Leben erwachte und ihren Namen erhielt, fragte sie: Weshalb bin ich hier?

Sieh dich um! antwortete Sótuknang. Das ist die Welt, die wir erschaffen haben. Sie hat eine feste Form, Stoff, Richtung und Zeit, einen Anfang und ein Ende. Doch siehe, es ist kein Leben auf ihr, keine frohe Bewegung, kein froher Laut. Was aber ist eine Welt ohne Leben, ohne Laut und ohne Bewegung? Darum wird dir die Macht verliehen, uns dabei zu helfen, Leben zu erschaffen. Dir wird gegeben sein Wissen und Weisheit, und du wirst auch die Liebe besitzen, alle Wesen zu segnen, die du schaffst.

Auf Sótuknangs Geheiß nahm die Spinnenfrau etwas Erde, rührte diese mit ihrem Speichel an und formte daraus zwei Wesen – Zwillinge. Sie bedeckte beide mit ihrem Gewand aus weißem Stoff, das in sich die Schöpfungsweisheit trug. Und sich über die Zwillinge beugend, sang sie das Schöpfungslied. Als sie das Gewand zurückschlug, setzten sich die Zwillinge auf und fragten: Wer sind wir? Weshalb sind wir hier?

Dein Name ist Pöqánghoya, sprach die Spinnenfrau zu dem Wesen rechts von ihr. Wenn auf dieser Welt Leben erschaffen worden ist, sollst du helfen, Ordnung auf ihr zu halten. Geh nun überall herum in der Welt und leg der Erde deine Hände auf, damit sie vollends fest werde. Das ist deine Aufgabe.

Zu dem Zwilling links von ihr sagte die Spinnenfrau: Dein Name ist Palöngawhoya. Wenn auf dieser Welt Leben sein

wird, sollst du helfen, Ordnung auf ihr zu halten. Deine Aufgabe ist: Geh überall herum in der Welt und laß deine Stimme erklingen, damit sie in allen Reichen gehört werde. Darum wirst du auch Echo genannt werden, denn alle Laute sind ein Widerhall des Schöpfers.

Pöqánghoya durchwanderte die gesamte Erde und festigte die höheren Gegenden zu Bergen. Die niederen Gefilde machte er gleichfalls fest, jedoch formbar genug, um den Wesen, die auf ihr leben sollten, Unterhalt zu gewähren.

Auch Palöngawhoya durchwanderte die gesamte Erde und ließ seine Stimme erklingen, wie es ihm befohlen war. All die Schwingungspunkte entlang der Erdachse von Pol zu Pol antworteten seinem Ruf; die ganze Erde geriet in Schwingung und wiegte sich nach seinen Melodien. So machte er die Erde zu einem Instrument der Klänge und die Klänge zu einem Instrument, das Botschaften weitertragen konnte und Lobeslieder für den Schöpfer aller Dinge ertönen ließ. Das ist deine Stimme, Onkel, sagte Sótuknang zu Taiowa. Alles ist eingestimmt auf deinen Klang.

Du hast wohlgetan, sprach Taiowa.

Nachdem die Zwillinge ihre Aufgaben erfüllt hatten, wurde Pöqánghoya zum nördlichen Pol der Erdachse und Palöngawhoya zu ihrem südlichen entsandt, wo jeder das Seine tat, um die Erde in regelmäßiger Drehung zu halten. Pöqánghoya wurde auch die Macht verliehen, für die feste Gestalt der Erde zu sorgen, und Palöngawhoya die Macht, die Winde in sanfter, geregelter Bewegung zu halten. Ihm wurde anvertraut, seine Stimme für das Gute zu erheben und durch sämtliche Schwingungspunkte der Welt Warnzeichen für alle Wesen erklingen zu lassen.

Das werden eure Pflichten auch in künftigen Zeiten sein, sagte die Spinnenfrau.

Sodann schuf sie aus Erde Bäume, Gesträuch, Blumen und andere Arten von Pflanzen, die Samen tragen. Sie verlieh der Erde ihr Gewand und gab allem Leben einen Namen. In gleicher Weise entstanden alle Arten der Vögel und Tiere. Die Spinnenfrau formte sie aus Erde, bedeckte sie mit ihrem Gewand aus weißem Stoff und sang das Schöpfungslied. Manche der Geschöpfe stellte sie rechts, manche links und andere wiederum hinter sich auf und sagte ihnen, wie sie sich nach allen vier Enden der Welt verteilen sollten.

Sótuknang war glücklich, als er sah, wie gut alles gelungen war. Freudig sagte er zu Taiowa: Komm und schau, wie unsere Welt jetzt aussieht.

Du hast wohlgetan, antwortete Taiowa. Nun ist sie bereit für das menschliche Leben. So soll denn mein Plan seine Vollendung finden.

Die Spinnenfrau sammelte wieder Erde – diesmal von verschiedener Farbe – gelb, rot, weiß und schwarz. Sie vermischte die Häufchen Erde mit ihrem Speichel und knetete sie zu Formen, die sie mit ihrem Gewand aus weißem Stoff bedeckte, dann sang sie wiederum das Schöpfungslied, und als sie ihr Gewand zurückschlug, waren Menschen aus der Erde geworden, männlichen Geschlechts, nach Sótuknangs Ebenbild.

Nachdem dies getan war, schuf sie vier andere Geschöpfe, ihrem eigenen Geschlecht gleich, die sie den ersten vier als Gefährtinnen zugesellte.

Bald darauf erwachten ihre Geschöpfe zum Leben. Dies geschah zur Zeit des purpurroten Lichts, Qoyangnuptu, die erste Phase der Morgendämmerung der Schöpfung, in der also das Mysterium der Menschenschöpfung begann.

Allmählich begannen sich die Wesen zu regen. Ihre Stirnen waren noch feucht, und auf dem Kopf hatten sie eine weiche Stelle. Dies geschah zur Zeit des gelben Lichts, Síkangunqua, in der zweiten Phase der Morgendämmerung der Schöpfung, als der Atem des Lebens in die Menschen einging.

Kurz danach erschien die Sonne am Horizont, trocknete ihre feuchten Stirnen und ließ die weichen Stellen auf ihren Köpfen hart werden. Dies geschah zur Zeit des roten Lichts, Tálawva, in der dritten Phase der Morgendämmerung der Schöpfung, als der Mensch in vollendeter Gestalt stolz und voller Kraft seinem Schöpfer gegenüberstand.

Das ist die Sonne, sagte die Spinnenfrau. Ihr begegnet eurem Vater, dem Schöpfer, zum ersten Mal. Gedenkt immer der drei Phasen eurer Schöpfung, nämlich der Zeit der drei Lichter. Das purpurrote, das gelbe und das rote Licht offenbaren das Mysterium der Schöpfung, den Atem des Lebens und die Wärme der Liebe. In diesen drei Phasen zeigt sich der Plan des Lebens eures Schöpfers Taiowa, wie er gesungen wurde über euch als Lied der Schöpfung.

Das Schöpfungslied

Das purpurrote Licht erscheint im Norden,
das gelbe im Osten.
So, wie die Blumen der Erde
sprießen auch wir hervor,
um zu erhalten ein langes Leben der Freude.
Schmetterlingsmädchen nennen wir uns.

Mann und Frau beten, dem Osten zugewandt,
huldigen der Sonne, ihrem Schöpfer.
Glockenklänge durchdringen die Luft.
Ein freudvoller Klang in aller Welt.
Überall widerhallt sein Echo.

Demütig bitte ich unseren Vater,
den vollkommenen Taiowa,
der erschaffen hat die Schönheit des Lebens,
die uns erschien im gelben Licht,
Möge er uns Vollkommenheit spenden in der Zeit
des roten Lichts.

Der Vollkommene setzte fest den vollkommenen Plan
und gab uns eine lange Lebenszeit,
schuf Lieder, um dem Leben Freude zu verleihen.
Auf diesem Pfad des Glücks erfüllen wir, die Schmetterlings-
mädchen,

seine Wünsche, indem wir ihn grüßen, unseren Vater,
die Sonne.

Freudig hallt wider das Lied unseres Schöpfers.
Und wir, Kinder der Erde, singen es für unseren Vater,
Wenn das gelbe Licht erscheint,
hallt und hallt wider das Echo der Freude,
klingt als ewiger Klang für all die kommenden Zeiten.

Die ersten Menschen der Ersten Welt antworteten der Spinnenfrau nicht. Sie konnten nämlich nicht sprechen. Da die Spinnenfrau ihre Macht von Sótuknang erhalten hatte, mußte sie sich an ihn wenden, um zu erfahren, wie sie den Menschen helfen könnte. Sie rief Palöngawhoya zu sich und sagte: Hol deinen Onkel. Er soll sofort kommen.

Palöngawhoya, der Echo-Zwilling, sandte seinen Ruf entlang der Erdachse zu den Schwingungspunkten der Erde, die seine Botschaft durch das ganze Universum erklingen ließen. Sótuknang, unser Onkel, komm sofort. Wir brauchen dich. Schnell wie der Wind erschien Sótuknang vor ihnen. Hier bin ich, rief er. Was wollt ihr?

Die Spinnenfrau erklärte ihm: Ich habe nach deinem Gebot die ersten Menschen geschaffen. Sie haben eine vollendete und kraftvolle Gestalt, besitzen die ihnen gemäße Hautfarbe, haben Leben in sich und können sich bewegen, nur sprechen können sie nicht. Darum bitte ich dich, gib ihnen die Fähigkeit der Sprache und die der Zeugungskraft, damit sie ihr Leben genießen und ihrem Schöpfer Dank sagen können.

So verlieh Sótuknang den Menschen die Fähigkeit der Sprache, und zwar je nach ihrer Hautfarbe. Doch sollten sie allesamt trotz der Unterschiede der Sprache voreinander Ehrfurcht empfinden.

Darauf sagte Sótuknang den Menschen: Ich habe euch die Welt zu eigen gemacht, daß ihr auf ihr leben und glücklich sein möget. Von euch verlange ich nur eines: immer und zu allen Zeiten den Schöpfer zu ehren. Ihr sollt weise sein und miteinander in Harmonie leben. Mögen diese Tugenden wachsen und euch niemals verlassen, solange ihr lebt.

So verteilten sich die ersten Menschen über die Erste Welt, jeder in seine Richtung. Sie waren glücklich und begannen sich zu vermehren.

Der Name dieser Ersten Welt war, wie wir hörten, Tokpela, was endloser Raum bedeutet. Ihre Richtung war der Westen, ihre Farbe gelb und das ihr eigene Metall Gold. Zu den Wahrzeichen dieser Welt gehörten die großköpfige Schlange, der fettfressende Geier und die kleine vierblättrige Gänsedistel.

TOKPA: DIE ZWEITE WELT

Die Menschen dieser Welt befolgten die Gebote Taiowas, vermehrten sich und waren glücklich. Obgleich sie von verschiedener Hautfarbe waren und verschiedene Sprachen sprachen, fühlten sie sich eins miteinander und konnten sich sogar ohne Worte verständigen.

Bei den Vögeln und Tieren war es nicht anders. Denn sie alle saugten an der Brust ihrer Mutter Erde. Ihre Milch war das Gras, die Samen, die Früchte und alles, was auf ihr wuchs. Im Laufe der Zeit bildeten sich unter den Menschen aber doch Gruppen heraus, die den Geboten Sótuknangs und der

Spinnenfrau nicht mehr folgten. Immer öfter gebrauchten sie die Vibrationszentren* ihres Körpers ausschließlich für irdische Zwecke. Sie vergaßen, daß diese ihnen gegeben waren, um den Plan des Schöpfers auszuführen.

Eines Tages kam zu ihnen Lavaíchoya, der Redner, in der Gestalt des Vogels Mochnu. Je länger er redete, desto mehr überzeugte er die Menschen von den Unterschieden zwischen Mensch und Tier, zwischen den Hautfarben und Sprachen der Menschen, und so säte er allerlei Zweifel unter ihnen, um ihren Glauben an den Plan des Schöpfers zu erschüttern.

Die Tiere verließen die Menschen und zogen fort. Ihr Schutzgeist legte seine Hände auf ihre Hinterbeine und führte sie in die Wildnis. Seither fürchteten die Tiere die Menschen und hielten sich fern von ihnen.

Von Lavaíchoyas Reden verwirrt, begannen sich die Menschen unterschiedlicher Hautfarbe und unterschiedlicher Sprache wie auch jene, die an den Plan des Schöpfers glaubten, und jene, die ihm mißtrauten, voneinander zu trennen und sich über das ganze Land zu zerstreuen.

Eines Tages kam zu ihnen ein Jüngling, Káto'ya genannt, in der Gestalt einer großköpfigen Schlange. Mit seinen heuchlerischen Reden säte er Zwietracht unter die Menschen und brachte sie gegeneinander auf. Darauf begannen die Menschen einander grundlos zu mißtrauen, gerieten öfter in Streit, und von Wut gepackt, gingen sie aufeinander los.

* Nach den Vorstellungen der Hopi waren die Erde mit all ihren Wesen und der Körper des Menschen in gleicher Weise gebaut. Durch beide liefen Achsen, beim Menschen die Wirbelsäule, die sein Gleichgewicht und seine Bewegungen kontrollierten. Entlang dieser Achsen befanden sich Vibrationszentren, welche mit den ursprünglichen Lauten im ganzen Universum in Verbindung standen und bei Gefahr Warnzeichen erklingen ließen.

All diese Zeit redete der Vogel Mochnu auf die Menschen ein, und auch Káto'ya hörte nicht auf, sie zu betrügen und zu verwirren. Bald gab es keine Ruhe und keinen Frieden mehr unter ihnen.

Doch immer noch fanden sich Menschen, die an die Gebote des Schöpfers glaubten. Zu ihnen kam Sótuknang und sprach: Was mit euch geschehen ist, habe ich aufmerksam verfolgt. Ihr habt mich sehr enttäuscht. Mein Onkel und ich sind deshalb zu dem Entschluß gekommen, diese üble Welt zu zerstören und eine andere zu schaffen, damit die Menschen neu beginnen können. Für diesen Anfang habe ich euch erwählt. Ihr werdet zu einem bestimmten Ort gehen, zu dem euch euer Kópavi* führen wird. Eure innere Weisheit läßt euch eine Wolke erkennen, der ihr am Tage folgen sollt. In der Nacht wird euch ein Stern führen. Eure Wanderung endet erst dann, wenn die Wolke und der Stern stehengeblieben sind.

So verließen die Menschen ihre Behausungen und machten sich auf den Weg. Am Tage folgten sie der Wolke und in der Nacht dem Stern. Die Menschen, die sie unterwegs trafen, fragten sie, wohin sie gingen. Als sie erfuhren, daß die Wanderer einer Wolke und einem Stern folgten, lachten sie nur und sagten: Wir sehen weder eine Wolke noch einen Stern. Diese Menschen hatten die visionäre Kraft des Kópavi bereits verloren. Das Tor zum All war für sie versperrt. Und doch schlossen sich einige von ihnen den Wanderern an, weil sie ihnen glaubten, daß sie die Wolke und den Stern tatsächlich sahen.

Nach vielen Tagen und Nächten erreichten die ersten den ihnen vorbestimmten Ort. Bald kamen auch die anderen nach, die ihnen gefolgt waren. Was macht ihr hier? fragten diese. Sótuknang wies uns an, hierherzukommen, antworteten jene, die zuerst eingetroffen waren. Wir sind auch der Wolke und dem Stern nachgegangen, sagten die anderen. Sie schlossen sich zusammen und waren glücklich, daß sie zueinandergefunden hatten, obgleich sie nicht die gleiche Hautfarbe hatten und verschiedene Sprachen sprachen. Als die letzten den Ort erreicht hatten, erschien Sótuknang. Jetzt

* Kópavi entspricht der Fontanelle, dem noch nicht zugewachsenen Scheitelpunkt der Schädeldecke beim Säugling. Die Hopi meinten, daß der Mensch an dieser Stelle ein Organ besitzt, durch das er mit außermenschlichen Kräften in Verbindung steht. Die Vorstellung von den Vibrationszentren zeigt einen deutlichen Zusammenhang mit diesem Kópavi genannten Organ.

seid ihr alle beisammen, sprach er. Diese Welt wird vernichtet werden. Nur die, die ich auserwählt habe, werde ich retten. Nun folgt mir!

Sótuknang führte sie zu einem großen Hügel, wo die Ameisenmenschen lebten. Er stieg den Hügel hinan, und oben angekommen, begehrte er Einlaß. Augenblicklich gruben die Ameisenmenschen eine Öffnung in die Spitze des Hügels. Ehe aber die Menschen in den Ameisen-Kiva* hinabstiegen, sprach Sótuknang noch einmal zu ihnen: Wenn ich die Welt zerstöre, werdet ihr in dem Ameisen-Kiva sicher sein. Lernt von den Ameisenmenschen, denn sie sind fleißig und können euch Vorbild sein. Schon im Sommer bereiten sie Vorräte für den Winter vor. Sie leben in Frieden miteinander und gehorchen den Geboten der Schöpfung.

Als die Menschen in dem Ameisen-Kiva untergebracht waren, befahl Taiowa dem Sótuknang, die Welt zu zerstören. Sótuknang ließ die Schlünder der Vulkane Feuer speien, und ein Feuerregen ging nieder. Es brannte über und unter der Erde so lange, bis die Erde, die Gewässer und die Luft feurigglühend zu einem Element zusammenschmolzen. Es war nichts mehr von der Ersten Welt übriggeblieben außer den Menschen im Leibe der Erde. Das war das Ende von Tokpela, der Ersten Welt.

* Kiva: ein unterirdischer Raum für rituelle Handlungen, hier als unterirdische Welt der Ameisenmenschen gedacht.

Während diese Schrecknisse geschahen, lebten die Menschen glücklich in der Unterwelt mit den Ameisen zusammen. Ihre Häuser ähnelten den Häusern auf der Erde. Es gab Wohn- und Vorratsräume. Auch Licht gab es dort. Die winzigen Körnchen von Sandkristall nahmen nämlich das Sonnenlicht in sich auf. Die Menschen mußten nur die innere Kraft ihres Sehzentrums, das sich hinter ihren Augen befand, gebrauchen, um im widergespiegelten Sonnenlicht gut sehen zu können.

In ihrem friedlichen Leben mit den Ameisen quälte die Menschen nur eine Sorge. Die Lebensmittel gingen allmählich zu Ende. Sie wußten, daß Sótuknang mühelos die Erste Welt zerstört hatte und eine andere Welt erschaffen würde. Doch dachten sie, daß es eine ganze Weile dauern würde, bis die Erste Welt abgekühlt sei und eine Zweite Welt erschaffen werden könnte.

Gebt uns nicht so viel zu essen, sagten die Menschen. Ihr seid doch unsere Gäste, antworteten die Ameisenmenschen. Was wir besitzen, gehört auch euch. Sie mußten aber öfter auf ihren Anteil verzichten, um ihre Gäste bewirten zu können. Sie schnallten den Gürtel immer enger. Deswegen haben die Ameisen eine so schlanke Taille.

Endlich kühlte die Erste Welt ab. Sótuknang begann die Zweite Welt zu erschaffen, doch gestaltete er sie in einer anderen Form: das Land von einst ließ er überfluten, die Gewässer aber legte er trocken. Nichts sollte die Menschen an die alte Welt erinnern.

Sótuknang ging wieder zum Ameisenhügel, stieg hinauf und stampfte mit dem Fuß. Augenblicklich kam der Häuptling der Ameisenmenschen durch die Öffnung und begrüßte Sótuknang: Komm herein, du bist willkommen!

Zuerst sprach Sótuknang zu den Ameisenmenschen: Ich danke euch, daß ihr die von mir auserwählten Menschen gerettet habt. Es kommt eine Zeit, da auch diese Welt zerstört wird. Dann werden die sündhaften Menschen wieder zu eurem Ameisenhügel eilen und euch unter Tränen anflehen, ihnen zu helfen. Da ihr eure Aufgabe gut erfüllt habt, dürft ihr euch in der Zweiten Welt niederlassen.

Dann wandte er sich an die Menschen: Steigt empor in die Zweite Welt, die ich für euch geschaffen habe. Sie ist zwar nicht so schön wie die Erste Welt, aber sie ist immerhin doch eine Welt, die euch gefallen wird. Gedenkt immer eures Schöpfers und der Gebote, die er euch gab. Wenn eure Lobeshymnen für den Schöpfer von den Berggipfeln erklingen, werde ich wissen, daß ihr meine Kinder seid und mir nahesteht.

Der Name der Zweiten Welt lautete Tokpa, was Mitternachtsfinsternis bedeutet. Ihre Farbe war blau, das ihr eigene Metall Silber, und zu ihren Wahrzeichen gehörten die Fichte, der Adler und der Skunk.

Die Zweite Welt war groß. Die Menschen vermehrten sich schnell und zerstreuten sich über die ganze Erde. Die Entfernungen bedeuteten für sie kein Hindernis, denn sie waren im Geiste eng verbunden, weil sie sich durch das Zentrum im Scheitelpunkt ihres Kopfes sehen und miteinander sprechen konnten. Da diese Stelle in ihrem Kopf noch offen war, fühlten sie sich Sótuknang nahe und sangen freudevoll Lobeslieder für ihren Schöpfer Taiowa. Die Menschen bauten Häuser und Dörfer, Straßen und Wege, durch die sie die Dörfer miteinander verbanden. Sie fertigten Dinge mit ihren Händen und lagerten Nahrungsmittel, wie sie es von den Ameisenmenschen gelernt hatten. Später fingen sie an, Tauschhandel miteinander zu treiben. Der Handel aber brachte ihnen nichts Gutes. Neue Übel befielen sie. Alles, was ein Mensch zum Leben braucht, gab es im Überfluß in der Zweiten Welt. Doch die Menschen wollten mehr. Und je mehr sie sich Dinge anschafften, die sie eigentlich gar nicht benötigten, desto größer wurde ihre Gier. Bald waren sie von einer solchen Habsucht besessen, daß sie nicht bemerkten, wie sie sich von dem sinnvollen Leben, das sie einstmals geführt hatten, entfernten. Auch vergaßen sie allmählich, Lobeslieder für ihren Schöpfer zu singen. Ihre Lieder galten nun den Schätzen, die sie in ihren Häusern anhäuften. So dauerte es nicht lange, und es geschah, was geschehen mußte. Die Menschen begannen zu streiten und miteinander zu kämpfen. Schließlich kam es zu Kriegen zwischen ihnen.

Und doch gab es in jedem Dorf noch Menschen, die das Lied der Schöpfung sangen. Die boshaften unter ihren Nachbarn aber spotteten über sie und lachten sie aus, bis die Sänger sich nicht mehr trauten, ihre Lieder laut zu singen. Sie trugen diese nur noch in ihrem Herzen. Doch auch der stumme Gesang erreichte Sótuknang. Eines Tages erschien er plötzlich vor den Gläubigen und sprach: Die Spinnenfrau erzählte mir, daß euer Leben auf dieser Welt bald zu Ende geht. Der Spinnen-Clan war euer Führer, und ihr habt gute Fortschritte gemacht, bis neue Übel euch befielen. Mein Onkel und ich haben darüber beraten und uns entschlossen, auch diese Welt zu zerstören.

Und wieder, wie in der Ersten Welt, wandte sich Sótuknang an die Ameisenmenschen und bat sie, ihre Kivas zu öffnen für die Menschen, die an die Gebote des Schöpfers glaubten. Nachdem sich Sótuknang überzeugt hatte, daß diese Menschen sich in Sicherheit befanden, befahl er Pöqánghoya und Palöngawhoya, ihre Standorte auf der Erdachse am Nord- und Südpol zu verlassen, wo sie bislang darauf zu achten hatten, daß die Erde sich richtig um ihre Achse drehte.

Kaum waren die Zwillinge von ihren Plätzen aufgestanden, begann die Erde, die nun ihr Gleichgewicht verlor, mit rasender Geschwindigkeit herumzuwirbeln. Sie überschlug sich zweimal, die Berge stürzten krachend in die Gewässer, und Meere und Seen überfluteten das ganze Land. Da die Erde durch den kalten, toten Raum wirbelte, fror sie zu festem Eis. Das war das Ende von Tokpa, der Zweiten Welt.

Der Aufstieg in die Dritte Welt

Viele Jahre blieben alle Elemente, die die Zweite Welt enthalten hatte, reglose, leblose Klumpen Eis. Die Menschen aber lebten glücklich mit den Ameisen in der warmen Unterwelt. Sie webten Schärpen und Decken und erzählten sich Geschichten. Die Nahrungsmittel wurden zwar gerecht untereinander verteilt, aber die Ameisen überließen das meiste ihren Gästen, und ihre Taille schnürte sich immer enger zusammen. Schließlich befahl Sótuknang dem Pöqánghoya und Palöngawhoya, ihre Standorte an den Polen der Erdachse wieder einzunehmen. Unter dem krachenden Eis erbebte die Erde und begann sich wieder regelmäßig um ihre eigene Achse zu drehen. Allmählich wurde es wärmer. Das Eis fing zu schmelzen an. Sótuknang schuf aufs neue Land und Wasser, Berge und Ebenen und ließ alle Formen des Lebens auf ihr entstehen. Dann ging er zum Ameisenhügel und befahl: Öffnet das Tor und kommt heraus. Als die Matte

71

zur Seite geschoben wurde und die Öffnung frei war, sprach er also zu den Menschen: Ich habe euch gerettet, damit ihr nun wieder die Welt bevölkert. Achtet auf meine Worte. Ihr sollte vor mir und auch voreinander Achtung haben. Ihr sollt von den Berggipfeln herab in Eintracht Lieder zum Lob des Schöpfers singen. Wenn ich euch nicht mehr Lobeshymnen für euren Schöpfer singen höre, werde ich wissen, daß ihr euch erneut dem Übel zugewandt habt. So kletterten die Menschen auf der Leiter aus dem Ameisen-Kiva heraus und traten in die Dritte Welt ein.

KUSKURZA: DIE DRITTE WELT

Der Name der Dritten Welt lautete Kuskurza. Ihre Richtung war der Osten, ihre Farbe rot und das ihr eigene Metall Kupfer. Zu den Wahrzeichen dieser Welt zählten die Tabakpflanze, die Krähe und die Antilope.

Auch in dieser Welt waren die Menschen fruchtbar und begannen sich zu vermehren, zerstreuten sich in alle Richtungen und schritten weiter fort auf dem Pfad des Lebens. In der Ersten Welt hatten sie in aller Einfachheit gemeinsam mit den Tieren gelebt. In der Zweiten Welt lernten sie, mit ihren Händen allerlei Dinge zu formen, ja hatten sogar Dörfer erbaut. In der Dritten Welt vermehrten sie sich so schnell und machten so große Fortschritte, daß sie Städte errichteten und auch Staaten gründeten. All das brachte sie nach und nach davon ab, sich dem Plan der Schöpfung zu fügen und Taiowa und Sótuknang zu lobpreisen. So geschah es, daß die Menschen sich immer stärker irdischen Gedanken hingaben.

Einige freilich besaßen noch das Wissen, das ihnen Sótuknang bei ihrem Eintritt in die Dritte Welt verliehen hatte. Dieses Wissen sagte ihnen, daß sie neue Übel befallen würden, je weiter sie auf dem Pfad des Lebens fortschritten. Was diese Gläubigen besonders beunruhigte, war, daß so viele Menschen ihre Kräfte für böse Zwecke einsetzten. Da gab es beispielsweise eine Frau, deren Ruf als Verderberin der Menschen sich überall herumsprach. Sie prahlte, daß Männer ihr so viele Türkishalsketten für ihre Gunst geschenkt hätten, daß sie damit eine Leiter umwinden könnte, die bis zum Himmel reichte.

Die Menschen aber, die an die Gebote des Schöpfers glaubten, sangen immer lauter und inbrünstiger sein Lob.

Die anderen jedoch achteten nicht auf solche Lobgesänge. Unter der Führung des Bogen-Clans taten sie viele schlimme Dinge. Manche von ihnen stellten Pátowvotas, Schilde aus Tierhäuten, her und flogen auf ihnen durch die Lüfte zu anderen Städten, um diese anzugreifen. Alles geschah so schnell, daß keiner wußte, woher die Krieger kamen und

wer sie waren. Bald verfertigten auch Leute in anderen
Städten und Ländern Pátowvotas, um einander zu überfallen.
So kamen Verderbnis und Krieg in die Dritte Welt.

Da wandte sich Sótuknang an die Spinnenfrau und sagte:
Wir können nicht warten, bis der Lebensfaden abreißt. Es
muß etwas geschehen, daß die Menschen, die noch die
Lieder der Weisheit in ihren Herzen tragen, nicht verdorben
oder gar getötet werden. Ich werde ihnen helfen, und du
wirst sie retten, wenn ich diese Welt durch Wasser vernichte.
Wie soll ich sie retten? fragte die Spinnenfrau.

Wenn du an jenem Ort, den ich für die Gläubigen auserkoren habe, angelangt bist, sieh dich um, bis du hochge-
wachsenes Röhricht findest. Schneide die Spitzen ab und laß
die Menschen in das hohle Innere des Röhrichts steigen.
Dann warte auf weitere Anordnungen von mir.

Die Spinnenfrau tat, wie ihr Sótuknang geheißen. Sie schnitt
die Spitzen des Röhrichts ab, und als die Menschen kamen,
ließ sie diese hineinschlüpfen und gab ihnen als Nahrung
etwas Wasser und einen Teig aus weißem Mehl mit. Dann
versiegelte sie die Öffnungen. Nachdem dies getan, erschien
Sótuknang. Jetzt bist du an der Reihe, sagte er zur Spinnenfrau. Steig auch du in ein Schilfrohr und sorge für die
Menschen auf ihrer Reise. Und wenn ihr in Sicherheit seid,
werde ich die Welt zerstören.

Sótuknang überflutete die Erde mit Wasser. Wellen, höher
als die höchsten Berge, überrollten das Land. Kontinente
brachen auseinander und versanken. Es begann in Strömen
zu regnen.

Die Menschen hörten das stürmische Rauschen. Sie fühlten,
wie sie von den Wellen hoch in die Luft geworfen wurden
und dann wieder zurück aufs Wasser fielen. Als der Sturm
sich legte, wurden die Stengel von der Strömung mitgerissen.

So lange waren die Menschen unterwegs, daß sie dachten, ihre Reise würde nie enden. Doch eines Tages bemerkten sie, daß sie an Land getrieben worden waren.

Die Spinnenfrau schlüpfte aus ihrem Schilfrohr. Sie entsiegelte die anderen Stengel und zog die Menschen einen nach dem anderen beim Kopf ans Tageslicht. Alle versammelten sich auf einem Fleckchen Land. Das war einmal der Gipfel eines hohen Berges gewesen, wie sie alsbald feststellten. Nichts war von der Dritten Welt übriggeblieben als diese Bergspitze.

Es müßte doch irgendwo trockenes Land geben, wo wir leben können, meinten die Menschen. Wo ist die neue Welt, die Sótuknang für uns erschaffen wollte? Sie schickten nacheinander Vögel aller Art aus, die nach festen, trockenen Plätzen ausschauen sollten. Erschöpft vom langen Flug, kehrten die Vögel zurück und berichteten, daß sie nirgends hätten Land entdecken können. Daraufhin pflanzten die Menschen Riedgras, das hoch in den Himmel wuchs, und kletterten empor, um Ausschau nach festem Land zu halten. Aber sie sahen weit und breit nichts als Wasser.

Wieder erschien Sótuknang vor der Spinnenfrau: Ihr müßte eure Reise fortsetzen. Den Weg wird dir deine innere Weisheit zeigen. Durch die Öffnung am Scheitelpunkt deines Kopfes bist du mit den geheimen Kräften des Universums in Verbindung.

Darauf wies die Spinnenfrau die Menschen an, aus dem Röhricht, mit dem sie an Land gekommen waren, runde, flache Boote zu bauen. Als diese fertiggezimmert waren, stiegen die Menschen hinein und vertrauten sich erneut dem Wasser und ihrer inneren Weisheit an, die sie führen sollte. Eine lange Zeit ließen sie sich vom Wind und von der Strömung dahintreiben und kamen schließlich zu einer felsigen Insel.

Sie ist zwar größer als die andere Insel, aber doch nicht groß genug, um sich darauf anzusiedeln, fanden sie.

So bestiegen sie abermals ihre Boote und fuhren in Richtung der aufgehenden Sonne. Nachdem sie lange unterwegs gewesen waren, sichteten ihre müden Augen endlich Land, und es schien ihnen, daß es dort Gras, Bäume und Blumen gab. Sie hatten sich nicht getäuscht. Es war tatsächlich eine wunderschöne Insel. Manche von ihnen wären gern für immer dort geblieben, aber die Spinnenfrau sagte: Das ist noch nicht der Ort, wo ihr siedeln sollt. Ihr müßt weiterziehen.

Sie ließen ihre Boote zurück, überquerten die Insel ostwärts zu Fuß und erreichten bald ihr östliches Ufer. Dort fanden sie hohle, hochgewachsene Pflanzen, die dem Bambus oder dickem Schilfrohr ähnelten. Unter Anweisung der Spinnenfrau schnitten sie die Stämme, stapelten sie quer übereinander und banden sie mit Kletterpflanzen zusammen. Auf diese Weise fertigten sie mächtige Flöße an, groß genug für mehrere Familien. Auch Paddel schnitzten sie aus dem Holz.

Denkt an Sótuknangs Worte, mahnte die Spinnenfrau. Je weiter ihr vorwärts kommt, desto mühsamer wird euer Weg sein.

Die Menschen bestiegen die Flöße, und nach einer langen anstrengenden Fahrt erspähten sie wieder eine Insel und gingen an Land. Die Insel war groß und flach. Ihr Boden schien fruchtbar zu sein. Es wuchsen viele Arten samen- und früchtetragender Bäume, von denen sich die Menschen gut ernähren konnten. Sie waren glücklich und zufrieden und blieben viele Jahre auf der Insel.

Eines Tages sagte die Spinnenfrau: Das ist noch nicht die Vierte Welt. Das Leben hier auf der Insel ist zu bequem und zu angenehm für euch. Wenn ihr diesen Ort nicht bald verlaßt, werdet ihr euch nach und nach erneut dem Übel zuwenden. Hat Sótuknang euch nicht gewarnt, daß eure Reise sehr lang und beschwerlich sein wird? Ihr müßt weiterwandern.

Ungern verließen die Menschen den Ort, wo sie ein angenehmes Leben hatten, und gingen zu Fuß landeinwärts, bis sie an ein anderes fernes Ufer gelangten. Dort bauten sie wieder Flöße und schnitzten Paddel. Als sie aufbrechen wollten, sagte die Spinnenfrau: Ich habe alles getan, was mir befohlen war. Ihr müßt eure Fahrt nun allein fortsetzen und den von Sótuknang für euch bestimmten Ort suchen. Durch die Öffnungen am Scheitelpunkt eures Kopfes wird euch euer Geist dorthin führen.

Sie fuhren gegen Osten und paddelten unentwegt bei Tag und bei Nacht, und so anstrengend war die Fahrt, daß es ihnen schien, als ob sie bergauf paddeln würden.

Endlich sahen sie Land. Es ragte hoch aus dem Wasser empor, und so weit sie aus der Ferne sehen konnten, erstreckte es sich in nördlicher Richtung. Ein großes Land, ein mächtiges Land sagte ihnen ihre innere Weisheit, und alle riefen: Das ist die Vierte Welt!

Als sie sich aber dem Land näherten, stellten sie fest, daß seine Ufer aus steilen Felsen bestanden. Hier können wir nicht an Land gehen. Wir müssen weiterziehen, sagten sie enttäuscht.

Sie wendeten ihre Flöße und fuhren südwärts. Aber auch an der südlichen Küste gab es nur hochragende Berge.

In ihrer Verzweiflung wußten sie nicht mehr, welche Richtung sie noch einschlagen könnten. Sie hörten auf zu paddeln und lauschten den Eingebungen der geheimen Weisheit. Bald legten sich die Wellen, und das Wasser wurde spiegelglatt.

Von einer sanften Strömung getrieben, kamen sie an ein sandiges Ufer. Das ist die Vierte Welt! riefen alle erfreut.

Als sie an Land gegangen waren, kam Sótuknang ihnen entgegen und sagte: Wie ich sehe, seid ihr alle beisammen. Das ist der Ort, den ich für euch vorbereitet habe. Schaut auf den Weg zurück, den ihr gekommen seid.

Dem Wasser zugewandt, erblickten sie im Westen und im Osten die hoch aus den Fluten emporragenden Inseln, auf welchen sie unterwegs gerastet hatten.

Das sind die Fußspuren eurer Reise, sagte Sótuknang, die Spitzen der hohen Berge der Dritten Welt, die ich zerstört habe. Achtet darauf, was jetzt geschehen wird!

Da sahen sie zu ihrem Entsetzen, wie eine Insel nach der anderen vom Wasser überflutet wurde.

Seht! Ich habe sogar die Fußspuren eurer Reise weggespült, die Steine, die ich euch zum Überqueren der Gewässer gelassen hatte. Tief unten am Grund der Meere liegen die stolzen Städte, die irdischen Schätze und die von Übel befallenen Menschen, die keine Zeit fanden, für den Schöpfer Lobeslieder zu singen. Aber es kommt der Tag, da diese Fußspuren eurer weiten Fahrten wieder auftauchen werden aus den Fluten, um zu bezeugen, daß ihr die Wahrheit sagt, wenn ihr die Erinnerung an das Gewesene wachruft und die Bedeutung eurer Wiederkunft kundtut.

Das schließlich war das Ende der Dritten Welt, Kuskurza genannt, ein uralter Name, für den es kein anderes Wort gibt.

TÚWAQACHI: DIE VIERTE WELT

Ehe ich euch verlasse, will ich euch dies verkünden, sagte Sótuknang zu den Menschen, die sich an dem Ort ihrer Wiederkunft, am Ufer der gegenwärtigen Welt, versammelt hatten.

Der Name der Vierten Welt ist Túwaqachi, was Vollkommene Welt bedeutet. Warum sie so heißt, werdet ihr später selber herausfinden. In manchen Regionen herrscht Kälte, in anderen Hitze. Diese Welt ist zweifellos schön, kann aber unbarmherzig sein. Es hängt nun allein von euch ab, ob ihr in dieser Welt den Plan der Schöpfung ausführen werdet oder ob auch sie vernichtet wird. Nun werdet ihr euch trennen und in verschiedene Richtungen ziehen, um im Namen des Schöpfers die ganze Erde in Besitz zu nehmen. Jeder Stamm soll seinem Stern folgen, bis dieser auf seiner Bahn anhält. Dort soll eure Wohnstätte sein. Ich muß euch nun verlassen, aber die Gottheiten, die euch gewogen sind, und die guten Geister, die euch begleiten, werden euch hilfreich sein. Doch achtet darauf, daß die Öffnungen am Scheitelpunkt eurer Häupter offenbleiben, und behaltet wohl in Erinnerung, was ich euch gesagt habe.

Nach diesen Worten entschwand Sótuknang.

Nach und nach verließen die Menschen das Ufer und zogen in das Landesinnere. Unterwegs trafen sie einen schönen Jüngling. Másaw ist mein Name, sagte dieser zu ihnen. Erkennt ihr mich? Ich bin der Schutzgeist dieses Landes.

Die Menschen erkannten Másaw wieder. Er war schon der Schutzgeist der Dritten Welt gewesen, bis er so eingebildet wurde, daß er die Demut vor dem Schöpfer verlor. Doch die Geister sterben nicht. So enthob ihn Taiowa seiner Aufgabe und bestimmte ihn zum Herrn des Todes und der

Unterwelt. Das war ein Amt, weit weniger angenehm als jenes, das er vorher innegehabt hatte, denn er war gezwungen, in der Finsternis des Erdinneren zu wohnen. Dann aber, als die Dritte Welt zerstört wurde, beschloß Taiowa, ihm Gelegenheit zu geben, seinen Frevel gutzumachen, und ernannte ihn zum Schirmherrn der Vierten Welt.

Másaw war das erste Wesen, dem die Menschen unterwegs begegneten. Sie fragten ihn ehrfurchtsvoll: Wirst du uns erlauben, in diesem Land zu leben?

Ja, ihr dürft euch hier niederlassen, erwiderte Másaw.

Wirst du unser Führer sein?

Nein, das kann ich nicht. Einer, der höher steht als ich, hat einen Plan für euch bestimmt, den ihr ausführen müßt. Nachdem das alte Erdreich ins Wasser hinabgestoßen wurde, begann sich neues Land aus den Tiefen zu heben, um inmitten der neuen Welt emporzuragen. Ihr befindet euch nun am westlichen Abhang dieser Erhebung. Aber ihr habt eure Wanderungen noch nicht begonnen. Noch seid ihr euren Sternen nicht nachgegangen. So habt ihr auch den Ort nicht gefunden, an dem ihr euch niederlassen sollt. Das müßt ihr erst vollbringen, ehe ich euer Führer werden kann. Aber wenn ihr wieder auf üblen Wegen wandert, werde ich euch dieses Land entziehen, denn ich bin sein Schutzgeist und Schirmherr. Im Norden des Landes herrscht Kälte. Das ist der hintere Eingang zu diesem Land, und wer immer es von dorther betreten sollte, handelt gegen meinen Willen. Geht nun und nehmt Besitz von eurem Land mit meinem Segen.

Nachdem Másaw ihren Blicken entschwunden war, trennten sich die Menschen in Stämme und Clans, um ihre Wanderung zu beginnen.

Mögen wir uns wiedersehen! riefen sie zum Abschied einander zu.

So begann das Leben auf dieser unserer gegenwärtigen Welt. Wie wir schon wissen, heißt sie Túwaqachi, Vollkommene Welt. Ihre Richtung ist der Norden, ihre Farbe gelbweiß. Ihre Wahrzeichen sind der Wacholderbaum, die Eule und der Puma sowie ein Stein, Sikyapala* genannt.

* Ein aus mehreren Substanzen zusammengesetzter wunderbarer Stein.

Der gute und der böse Zwilling

Yuma

So fing es an: Nur Wasser ringsumher – kein Himmel, kein Land, nur das ruhende All. Aus dem Nebel, der aus dem Wasser aufstieg, entstand der Himmel, doch ohne Sonne, Mond und Sterne. Überall herrschte Finsternis. Nur tief unten im Wasser lebte schon Kokomaht, der Schöpfer, körperlos, namenlos, atemlos, bewegungslos, aus zwei Wesen bestehend – den Zwillingen.

Die Wasser regten sich, sie tosten und donnerten, und der schäumenden Gischt entstieg der gute Zwilling. Über der Wasseroberfläche öffnete er die Augen und sah. Kokomaht, der Allvater – so nannte er sich.

Eine zweite Stimme drang aus der Tiefe. Wie bist du nach oben gekommen? Offenen oder geschlossenen Auges? rief der Zwillingsbruder. Kokomaht wußte, wie böse dieser war, und log: Ich öffnete meine Augen noch unter der Wasseroberfläche. Deshalb stieg der Bruder mit offenen Augen empor und wurde auf diese Weise blind. Kokomaht gab ihm den Namen Bakothal – der Blinde.

Kokomaht verkündete: Ich werde die vier Weltenden schaffen! Er tat vier Schritte auf dem Wasser, blieb stehen und wies in eine Richtung. Hoo! rief er, dort ist Norden! und trat zurück. In derselben Weise bestimmte er Süden, Osten und Westen.

Nun werde ich die Erde schaffen, sprach er dann.

Ich glaube nicht, daß du die Macht hast, das zu tun, spottete Bakothal.

O doch!

Laß mich es zuerst versuchen, bat Bakothal.

Das wird dir gewiß nicht gelingen.

Kokomaht wirbelte mit der Faust die Fluten auf; sie schäumten, wallten und brodelten, und als die Wogen verrauscht waren, ließen sie einen Flecken Land zurück, auf den sich Kokomaht setzte. Darüber ärgerte sich Bakothal, denn er wollte als Schöpfer der Erde gelten. Aber er schwieg und ließ sich neben seinem Zwillingsbruder nieder. Nun will ich ein Geschöpf mit Kopf, Armen und Beinen aus Erde formen, dachte Bakothal. Doch sein Werk ähnelte nur entfernt einem menschlichen Wesen. Hände und Füße waren bloße Erdklumpen und hatten weder Finger noch Zehen. Bakothal versteckte das Geschaffene vor Kokomaht.

Mich verlangt es, ein Geschöpf zu machen, sprach dieser und formte aus Schlamm ein vollkommenes Wesen, das Hände und Füße, Finger und Zehen, ja sogar Fingernägel und Fußnägel besaß. Viermal schwang er es gegen Norden und stellte es auf die Beine. Es bewegte sich, lief, lebte – es war ein Mann. Auf die gleiche Weise schuf Kokomaht ein zweites Wesen – eine Frau.

Bakothal versuchte sich aufs neue daran, Menschen in die Welt zu bringen. Er formte aus Erde sieben Wesen und klebte sie aneinander. Aber auch diesmal mißlang sein Versuch. Was machst du? fragte Kokomaht. Menschen! antwortete Bakothal. Nun betaste einmal meine Menschen, sprach Kokomaht. Den deinen fehlen Hände und Füße. Hier, fühlst du? Meine haben Finger und Daumen zum Arbeiten. Sie können Bogen spannen, Früchte pflücken.

Noch einmal prüfte er die Geschöpfe, die Bakothal gemacht hatte.

Sie sind nicht gut, sagte er und zerstampfte sie mit den Füßen.

Bakothal wurde wütend. Er tauchte hinab in die Tiefe und entfachte einen Wirbelwind, der Unheil auf der Erde anrichten sollte. Kokomaht aber zertrat den Wirbelwind und tötete ihn. Nur der Resthauch des Wirbelwindes schlüpfte unter seinen Füßen hervor. Dieser enthielt alle Krankheiten, die bis zum heutigen Tag die Menschen plagen.

Kokomaht hatte zuerst nur zwei Menschen geschaffen. Es waren Yumas. Auf die gleiche Weise schuf er in Paaren andere Menschen: die Cocophas, die Dieguinos und die Mojavas. So gab es nun vier Stämme auf der Erde, doch von jedem nur einen Mann und eine Frau.

Nachdem Kokomaht sich ausgeruht hatte, schuf er vier weitere Stämme: die Apachen, die Maricopas, die Pimas und die Coahuilas. Insgesamt bildete er auf diese Weise vierundzwanzig Stämme und zuletzt den weißen Mann. Nun bat Yuma, der erste Mensch, den Kokomaht gemacht hatte: Lehr uns, Allvater, wie wir leben sollen. Ihr müßt lernen, euch zu vermehren, antwortete Kokomaht, und er zeugte, ohne eine Frau zu berühren, aus sich selbst einen Sohn. Diesem gab er den Namen Komashthan'ho.

Noch etwas fehlte. Wir brauchen Licht! sprach Kokomaht, und er schuf den Mond, den Morgenstern und die übrigen Sterne. Mein Werk ist getan! sagte er dann. Was ich nicht vollenden konnte, wird mein Sohn Komashthan'ho vollbringen.

Kokomaht schuf auch Hanyi, den Frosch. Dieser war so stark, daß selbst das Feuer ihn nicht vernichten konnte. Weil er Kokomaht um seine Macht beneidete, nahm er sich vor, diesen zu töten. Das wußte Kokomaht, denn er kannte die Gedanken seiner Geschöpfe. Ich lehrte sie leben, jetzt muß ich sie sterben lehren, sagte er sich. Denn ohne den Tod würde es auf der Erde zu viele Menschen geben. Also werde ich dem Frosch erlauben, mich zu töten.

Dort, wo Kokomaht stand, grub Hanyi ein Loch in die Erde und saugte Kokomahts Atem aus, so daß dieser immer schwächer wurde und sich schließlich niederlegte, um zu sterben. Vorher rief er aber seine Geschöpfe zu sich, und sie kamen alle außer dem weißen Mann. Der weiße Mann stand ganz allein im Westen und weinte, weil sein Haar bleich und lockig und seine Haut weiß und blaß war. Der weiße Mann war ein boshaftes, selbstsüchtiges Geschöpf. Was er sah, wollte er an sich reißen. Er war kindisch und gierig. Als Komashthan'ho seiner Klagen überdrüssig wurde, nahm er zwei Stöcke und band sie in Gestalt eines Kreuzes zusammen. Er ging zu dem weißen Mann und sagte: Hör auf zu weinen. Hier ist etwas, worauf du reiten kannst. Dieser klemmte sich das Holzkreuz zwischen die Beine, und siehe da: es verwandelte sich in ein Pferd. Dieses stellte die Gier des weißen Mannes für eine Weile zufrieden.

Lernt, wie man stirbt! sprach Kokomaht und verschied.

Nun werde ich das unfertige Werk meines Vaters vollenden, sagte Komashthan'ho, spuckte sich in die Hände und formte aus seinem Speichel eine Scheibe, die er hoch in den Himmel gegen Osten warf. Dort begann sie zu leuchten. Das ist die Sonne! rief er den Menschen zu. Seht, wie sie sich bewegt, wie sie die Erde erhellt!

Dann machte sich Komashthan'ho daran, seinen Vater einzuäschern. Da aber auf Erden noch keine Bäume wuchsen, rief er laut: Holz, erwache! Du sollst leben! Komm zu mir! So kam das Holz von überall und schichtete sich zu einem Scheiterhaufen auf.

Vor seinem Tod hatte sich Kokomaht an Kojote gewandt und ihn gebeten: Tu mir den Freundesdienst und nimm mein Herz zu dir.

Kojote mißverstand Kokomahts Worte und dachte, er solle sein Herz auffressen. Aber Komashthan'ho wußte, was Kojote im Sinn hatte, und sagte: Geh zur Sonne und hole dir von ihr einen Funken, um Feuer zu zünden.

Während Kojote fort war, nahm Komashthan'ho einen angespitzten Stock und bohrte damit so lange in ein weiches Holzscheit, bis ein Flämmchen emporzüngelte.

Schaut, Menschen! sprach er. So macht man Feuer. Mein Vater muß eingeäschert werden, ehe Kojote zurückkommt. Und er zündete den Scheiterhaufen an. Niemand betrauerte Kokomaht, denn keiner wußte, was der Tod bedeutete. Doch bevor die Flammen Kokomahts Körper verzehrt hatten, kam Kojote zurück, sprang blitzschnell ins Feuer, riß Kokomahts Herz an sich und rannte davon. Menschen und Tiere eilten ihm nach, aber sie gaben die Verfolgung bald auf, denn Kojote war viel schneller als sie.

Du hast ein großes Verbrechen begangen, rief Komashthan'ho ihm nach. Lauf nur weg! Die Flucht wird dir keinen Nutzen bringen. Im Gegenteil, du wirst als Verstoßener umherirren, von Gestohlenem leben und deine Diebereien mit dem Tod bezahlen.

Nachdem Kokomahts Leiche verbrannt war, fragten alle Wesen, wann er wiederkäme.

Er kommt nicht zurück. Er ist tot. Wenn wir ewig leben

würden, dann wäre bald auf der Erde nicht genügend Platz für uns alle. So muß jedes Wesen einmal sterben.

Da trauerten die Menschen, weinten und klagten um den Toten und um sich selbst. Sie wollten nicht glauben, daß Kokomaht sie für immer verlassen hatte. Plötzlich stieg eine Staubwolke aus Kokomahts Asche auf. Was ist das? fragten sie erschrocken.

Beruhigt euch! sagte Komashthan'ho. Das ist nur Kokomahts Geist gewesen. Er ist zwar tot, aber seine Seele lebt weiter. Sein Geist wird irgendwo – im Norden oder Süden, im Osten oder Westen – weiterleben und glücklich sein. Nie wird er Müdigkeit spüren, nie Durst oder Hunger leiden. Dennoch trauern wir um ihn, weil er von uns gegangen ist. Dann unterrichtete er sie über den Tod. Wenn ihr sterbt, werdet ihr zu denen kommen, die ihr geliebt habt. Ihr werdet euch verjüngen, auch wenn ihr an eurem Todestag alt und schwach gewesen seid. In der Seelenwelt wächst viel Mais, und alle sind glücklich und zufrieden. Fürchtet euch nicht vor dem Tod. Das beruhigte die Menschen, und sie hörten auf zu weinen. Bald lächelten sie wieder und waren glücklich.

Komashthan'ho erwählte unter den Menschen einen Mann namens Marhokuvek, der ihm helfen sollte, die Welt in Ordnung zu bringen. Zunächst befahl er: Zum Zeichen eurer Trauer über den Tod unseres Allvaters sollt ihr Menschen euer Haar kurz schneiden. Nicht nur die Menschen, auch die Tiere und Vögel taten es. Anfänglich ähnelten die Tiere den Menschen. Als aber Komashthan'ho die Tiere mit kurzgeschnittenem Haar betrachtete, gefielen sie ihm nicht. Nein, so seht ihr nicht gut aus, meinte er und verwandelte die Tiere in Kojoten, Hirsche, Truthähne – kurzum, in alle Arten von Vierbeinern und Vögeln, die wir kennen.

Bald darauf ließ Komashthan'ho einen heftigen Regen niedergehen, der nie mehr aufzuhören schien. In den Fluten ertranken viele Tiere. Darüber war Marhokuvek sehr bestürzt.

Was machst du? fragte er Komashthan'ho.

Einige Tiere sind zu wild. Ihre spitzen Zähne und scharfen Krallen werden die Menschen gefährden. Es gibt zu viele davon, darum müssen sie in den Fluten umkommen.

Komashthan'ho, laß es genug sein, mach dem Regen ein Ende! flehte Marhokuvek. Die Menschen brauchen die Tiere, um sich von ihnen zu ernähren. Auch sehnen sie sich nach dem Gesang der Vögel, und sie frieren in der Nässe.

Daraufhin entfachte Komashthan'ho einen großen Brand, der die Fluten verdampfen ließ. Die lodernden Flammen erzeugten eine unerträgliche Hitze, so daß selbst Komashthan'ho Verbrennungen erlitt. Seitdem ist es auch so glühend heiß in der Wüste. Allmählich gewöhnten sich die Menschen jedoch an die Hitze.

Und wieder rief Komashthan'ho die Menschen zusammen und sprach zu ihnen: Dort steht das Haus des Allvaters Kokomaht. Wir müssen es niederreißen, denn wenn ein Mann tot ist, sollen ihm die Geister des Hauses nachfolgen. Darum müssen die Hinterbliebenen alles, was er bei Lebzeiten besaß, vernichten, so daß die Geister seines Hauses ihm im Jenseits dienen können. Auch ist es nicht gut, immer die Sachen zu betrachten, die ihm gehört haben. Man sieht sein Haus und seinen Krug, während er selbst nicht mehr da ist, um daraus zu trinken. Darum müßt ihr das Haus und all das Gut des Verstorbenen verbrennen und in ein anderes Haus umziehen, wo euch nichts mehr an den Toten erinnert. Auch sollt ihr nicht mehr seinen Namen erwähnen. Ihr müßt wissen, daß er bereits einer anderen Welt angehört. Seitdem befolgten die Yumas dieses Gebot.

Komashthan'ho ergriff einen Balken und zertrümmerte Kokomahts Haus. Dann lockerte er die Erde darunter und zog mit dem Balken eine lange Furche, die sich sogleich mit Wasser füllte. So entstand der Colorado River. In seinem Wasser schwamm das, was Bakothal geformt hatte: Geschöpfe ohne Hände und Füße, ohne Zehen und Finger, nämlich die Fische.

Die Krähe war eine gute Pflanzerin und Mäherin. Sie holte Maissamen und andere eßbare Samenarten von den vier Weltenden. Als sie in den Süden flog zum großen Wasser, rastete sie viermal. Jedesmal krähte sie zweimal, und durch jedes Krähen entstand ein Berg. Dann überquerte sie den Fluß, den Komashthan'ho geschaffen hatte, und brachte aus dem Süden viele Samen mit, mit welchen die Menschen ihre Felder bestellten.

Die Stämme lebten zerstreut in der Welt. Nur die Yumas behielt Komashthan'ho in seiner Nähe, denn er liebte sie.

Hört zu! sagte er zu ihnen. Ich kann nicht ewig bei euch bleiben. Wie ihr seht, bin ich jetzt ein Mensch. Bald aber werde ich mich in vier Adler verwandeln – im Westen in einen schwarzen, im Süden in einen braunen, im Osten in einen weißen und dann in einen vierten, dessen Name »Ungesehen« sein wird, denn niemand wird ihn je erblicken.

Nachdem Komashthan'ho sich in die vier Adler verwandelt hatte, weilte er nicht mehr in Menschengestalt unter den Yumas. Dennoch wachte er über sie. In ihren Träumen verlieh er ihnen Kokomahts Macht, erteilte ihnen dessen Ratschläge und sprach immer wieder: Denkt an mich, vergeßt nicht, was ich euch lehrte. Vor allem sollen die Kranken meiner gedenken.

Bakothal aber, der böse Blinde, wirkt weiter unter der Erde und begeht Untaten. Gewöhnlich liegt er still, doch wehe, wenn er sich rührt. Dann donnert es fürchterlich, die Erde erbebt und spaltet sich, die Berge klaffen auseinander und speien Flammen und Rauch. Dann ängstigen sich die Menschen. Der böse Blinde bewegt sich in der Unterwelt, sagen sie.

Alles Gute auf der Welt kommt von Kokomaht. Alles Böse von Bakothal. So sagen die Alten. So war es, so ist es, und so wird es bleiben für alle Zeiten.

Der Hasen-Junge

White River Sioux

In alten Zeiten, ehe der weiße Mann kam, waren wir Indianer den Tieren viel näher, als wir es jetzt sind. Damals verstanden die Menschen die Sprache der Tiere und konnten sich mit einem Vogel unterhalten oder mit einem Schmetterling ein Schwätzchen machen. Die Tiere vermochten sich in Menschen und die Menschen in Tiere zu verwandeln. So war es damals, als die Erde noch jung war, als Berge und Flüsse, Tiere und Pflanzen erst angefangen hatten zu entstehen.

In dieser Zeit lebte ein kleiner, gutherziger Hase. Eines Tages, als er auf der Wiese spielte, fand er einen Blutklumpen. Er begann den Klumpen mit seiner Schnauze hin und her zu stoßen und spielte damit, als wäre er ein Ball.

Wir Indianer glauben an Takuskanskan, die geheime Kraft der Bewegung. Nach unseren Vorstellungen befindet sich ihr Geist in allen Dingen, die sich bewegen. Er beseelt sie und bringt sie zum Leben. Unversehens geriet der Hase in den Bann des Geistes der Bewegung, der den Blutklumpen beseelte und ihn zu einer blutgefüllten Blase formte. Und als der Hase die Blase wieder und wieder stieß, wuchsen ihr auf einmal winzige Arme und Hände. Dann bildeten sich zwei kleine Höhlungen, die zu Augen wurden, und das Herz begann zu schlagen. Auf diese Weise formte der Hase mit der geheimen Kraft der Bewegung ein kleines Wesen, einen Knaben, dem er den Namen Hasen-Junge gab.

Der gütige Hase brachte es nicht übers Herz, das kleine Geschöpf auf der Wiese liegenzulassen. So nahm er es mit und brachte es zu seiner Häsin. Vom ersten Tag an schloß die Häsin den kleinen seltsamen Jungen ins Herz. Sie liebte ihn, als wäre er ihr eigener Sohn. Sie nähte für ihn Kleider aus feinstem Hirschleder, die sie mit der heiligen roten Farbe bemalte und mit den schönsten Stachelschweinborsten bestickte. Glücklich verbrachte der Hasen-Junge seine Kindheit bei den Hasen.

Als er erwachsen wurde, sprach der Hase zu ihm: Mein Sohn, du bist kein Hase, wie ich es bin. Du bist ein Mensch. Obwohl wir dich von ganzem Herzen lieben und uns von dir nicht trennen möchten, mußt du uns nun verlassen. Geh und suche dir Menschen, wie du selbst einer bist.

Schmerzerfüllt verabschiedete sich der Hasen-Junge von seinen Hasen-Eltern und machte sich auf den Weg. Lange wanderte er über Berge und durch Täler, und erst nach vielen Monaten fand er ein Dorf, in dem Menschen lebten. Die neugierigen Dorfleute maßen den jungen Mann mit erstaunten Blicken und bewunderten sein wunderschönes Hemd, das die Häsin ihm zum Abschied geschenkt hatte. Sie stellten ihm allerlei Fragen und wollten wissen, woher er käme. Aus einem anderen Dorf, sagte er, obwohl es nicht stimmte. Es gab nämlich kein anderes Dorf, denn in uralten Zeiten war die Erde kaum bevölkert. Meist lebten die Menschen in Höhlen und so weit voneinander entfernt, daß ein Stamm vom Dasein des anderen nichts wußte.

Der Hasen-Junge blieb im Dorf, obwohl er anfangs mißtrauisch gegenüber den Menschen war. Bald aber hatte er sich an das Leben unter ihnen gewöhnt. Mit seiner freundlichen Art eroberte er nach und nach viele Herzen, darunter auch das Herz der hübschen Tochter des Häuptlings.

Auch Iktome, der hinterhältige, glattzüngige Spinnen-Mann, der im selben Dorf lebte, liebte das Mädchen und hatte sich

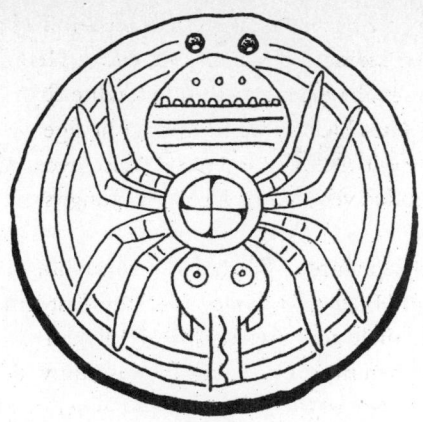

in den Kopf gesetzt, sie eines Tages zu seiner Frau zu machen. Als er fühlte, daß sie nicht ihm, sondern dem Hasen-Jungen ihre Zuneigung schenkte, überlegte er sich, wie er seinen Gegner aus dem Weg räumten könnte. Hinter dessen Rücken begann er unsinnige Gerüchte über ihn zu verbreiten und die Leute gegen ihn aufzuhetzen. Da er aber selbst im Dorf nicht sehr beliebt war, glaubten die Menschen seinen Worten nicht. Sie sagten: Laß es gut sein, Iktome. Fang keinen Streit an. Der Hasen-Junge hat niemandem etwas getan. Du bist nur neidisch auf ihn. In seinem ohnmächtigen Zorn rief er: Wenn ihr mir nicht glauben wollt, wie gefährlich dieser Bursche ist, werde ich schon allein mit ihm fertig werden. Ich besitze einen magischen Reifen, mit dem ich ihn einfangen und wehrlos machen kann.

Der Hasen-Junge war ein tüchtiger Jäger und liebte die Jagd über alles. Eines Tages, als er sich wieder einmal auf der Jagd müde gelaufen hatte, legte er sich unter einen Baum und schlief fest ein. Da kam ihm der Traum, daß er die Sonne besuchte und mit ihr allerlei Spiele spielte und sie dabei immer besiegte.

Im Dorf gab es noch andere Jünglinge, die, wie der Spinnen-Mann, den Hasen-Jungen beneideten und auf eine günstige Gelegenheit warteten, ihm eins auszuwischen. Doch waren sie zu feige, ihn offen zum Kampf zu fordern. Als sie aber vom magischen Reifen des Medizinmannes erfuhren, erklärten sie sich sofort bereit, diesem zu helfen.

Eines Tages, als der Hasen-Junge nichts ahnend von der Jagd ins Dorf zurückkehrte, überfielen sie ihn und schlugen auf ihn los. Iktome stülpte seinen magischen Reifen über ihn, um ihn zu fangen. Doch der Zauber des Reifens versagte. Trotzdem stellte sich der Hasen-Junge besiegt. Darauf banden sie ihn mit Riemen aus ungegerbtem Leder an einen Baum. Iktome lief um den Baum herum und schrie: Laßt uns unsere Messer holen und ihn töten.

Freunde! sagte der Hasen-Junge. Wenn ihr mich unbedingt töten wollt, dann erlaubt mir, vorher ein Lied zu singen:

> Freunde, Freunde!
> Ich besiegte die Sonne.
> Sie versuchte mich zu verbrennen,
> aber es gelang ihr nicht.
> Selbst im Kampf gegen die Sonne
> stand ich meinen Mann.

Nachdem der Hasen-Junge sein Lied zu Ende gesungen hatte, erstachen ihn die Männer, hackten ihn in Stücke und warfen sein Fleisch in einen Suppenkessel. Aber der Hasen-Junge war nicht wirklich tot. Mit einemmal erhob sich ein heftiger Sturm. Eine Wolke verdeckte das Antlitz der Sonne. Es wurde finster. Als die Wolke vorübergezogen war, stellten die Männer zu ihrem Schrecken fest, daß der Suppenkessel leer war. Diejenigen aber, die an dem Vorhaben des Spinnen-Mannes nicht beteiligt gewesen waren, hatten gesehen, wie sich die Fleischstücke wieder zu einer Gestalt zusammenfügten, die auf einem Sonnenstrahl zum Himmel emporstieg. Darauf sagte ein alter weiser Mann: Der Hasen-Junge besitzt ungewöhnlich starke Zauberkräfte. Er ist zum Himmel emporgeflogen, um sich zur Sonne zu begeben. Bald wird er mächtiger denn je zurückkommen. Im Himmel wird ihm die Macht der Sonne gegeben werden. Wir sollten ihm erlauben, die Tochter des Häuptlings zu heiraten.

Der wutentbrannte Iktome versuchte immer noch, die Leute davon zu überzeugen, daß er mächtiger als der Hasen-Junge sei, und rief: Was kümmert euch der Bursche? Seht mich an. Meine Zauberkraft ist stärker als die seine. Bindet auch mich fest an den Baum und tötet mich! Er war überzeugt, daß das Lied, welches der Hasen-Junge gesungen hatte, die geheimnisvolle Macht besäße, jeden, der es singt, unsterblich zu machen, nur hatte er die Verse verwechselt:

> *Freunde, Freunde!*
> *Ich kämpfte gegen den Mond.*
> *Und er versuchte mich zu töten.*
> *Ich aber habe ihn besiegt.*
> *Auch im Kampf mit dem Mond,*
> *bin ich Sieger geblieben.*

Die Dorfleute erfüllten seinen Wunsch und töteten ihn. Iktome aber wurde nicht wieder lebendig.

Als die Grislybären noch aufrecht liefen

Modoc

Ehe es noch Menschen auf der Welt gab, lebte der Häuptling der Himmelsgeister im Himmel. Allmählich wurde er es müde, sein ganzes Leben in der kalten, feuchten Luft dort oben zu verbringen, so beschloß er, sein Himmelreich zu verlassen. Er schlug mit einem Stein ein Loch in den Himmel und kehrte den Schnee und das Eis hinab auf die Erde. So entstand ein riesengroßer Berg, dessen Spitze beinahe die Himmelsdecke erreichte. Heute ist dieser Berg als Mount Shasta bekannt.

Der Himmelsgeist nahm seinen großen Stab in die Hand und machte sich auf den Weg. Von einer Wolke herab betrat er den Gipfel des Eisberges. Als er sich auf halbem Weg zum Tal befand, berührte er mit seinen Fingern des öfteren den Boden. Und überall, wo er unterwegs den Boden berührte, fingen Bäume zu wachsen an. Unter seinen Füßen schmolz der Schnee, und das Tauwasser, das den Berg hinunterfloß, sammelte sich zu einem Fluß.

Als der Himmelsgeist am Ufer entlangging, brach er Stücke von der Spitze seines Stabes ab und warf sie in den Fluß. Die größeren verwandelten sich in Biber und Otter, die kleineren wurden Fische. Fielen Blätter von den Bäumen herunter, hob der Himmelsgeist sie auf und pustete sie in die Luft. Auf diese Weise schuf er viele Arten von Vögeln. Auch vom anderen Ende seines Stabes brach er Stücke ab. Aus diesen entstanden allerlei Tiere. Unter ihnen war der Grislybär das größte.

Anfänglich unterschieden sich die Grislybären von den heutigen dadurch, daß sie aufrecht auf zwei Beinen laufen und auch sprechen konnten. Sie hatten scharfe Krallen und ein langes Fell. Dem Himmelsgeist mißfielen diese Tiere. Er fand sie häßlich und furchterregend. Darum jagte er sie in den Wald, der an den Berg grenzte.

Mit der Welt nunmehr zufrieden, die er erschaffen hatte, holte er seine Familie vom Himmel auf die Erde hinab. Ein schnee- und eisbedeckter Berg wurde ihr Heim. Im Berginneren machte er ein Feuer an, und in den Gipfel grub er ein großes Loch, damit der Rauch und die Funken durch die Öffnung ins Freie abziehen konnten.

Als der Himmelsgeist an einem Frühlingstag mit seiner Familie am Feuer saß, tobte draußen solch ein heftiger Sturm, daß der Berggipfel zu schwanken begann. Der Rauch, der vom Wind ins Berginnere zurückgeblasen wurde, schmerzte in den Augen. Geh hinauf und bitte den Windgeist, daß er den Sturm etwas mäßigen möge, sagte er zu seiner jüngsten Tochter. Die Böen werden noch unseren Berg umstürzen. Wenn du an die Öffnung gelangt bist, sei vorsichtig. Steck ja nicht deinen Kopf hinaus. Der Wind könnte dich an deinen Haaren erwischen und wegtragen.

Das Mädchen blieb auch brav vor der Öffnung stehen, als sie zu dem Windgeist sprach. Dann aber fiel ihr plötzlich ein, daß der Vater einmal erzählt hatte, man könne von der Bergspitze aus den Ozean sehen. Neugierig steckte sie ihren Kopf durch die Öffnung heraus und schaute in Richtung Westen. Ehe sie aber noch etwas sehen konnte, wurde sie von einem Windstoß an den Haaren gepackt und in die Luft emporgewirbelt. Erst nach einer Weile ließ der Sturm nach. Sie stürzte herab und fiel auf Eis und Schnee, rollte den Berg hinunter und landete schließlich am äußersten Rand des Waldes.

Ein Grislybär fand das Mädchen, als er nach Nahrung für seine Familie unterwegs war. Er nahm sie mit und brachte sie zu seiner Bärin. Seitdem lebte das Mädchen unter den Grislybären und wuchs bei ihnen auf.

Als das Mädchen zu einer jungen Frau herangereift war, heiratete sie den ältesten Sohn des Grislybären und gebar ihm viele Kinder. Das Fell der Jungen war nicht mehr so lang wie das ihres Vaters. Aber sie ähnelten in ihrem Aussehen auch nicht ihrer Mutter.

Die Grislybären waren so stolz auf den ungewöhnlichen Zuwachs, der der Ehe eines Grislybären mit der Tochter des Himmelsgeistes entsprungen war, daß sie für die Mutter und ihre Kinder ein besonders schönes Zelt am Mount Shasta aufstellten. Dieser Ort wird heute Little Mount Shasta genannt. Inzwischen waren viele Jahre vergangen. Die Großmutter Grislybär war alt geworden. Sie fühlte ihren Tod nahen. Lange nagte das Gewissen an ihr, weil sie und ihr Mann dem Himmelsgeist verschwiegen hatten, daß seine Tochter sich bei ihnen befand. Nun wollte die Großmutter den Himmelsgeist um Verzeihung bitten. Sie schickte einen ihrer Söhne zu ihm, der ihm die Nachricht überbringen sollte, seine verlorengegangene Tochter weile unter den Grislybären.

Kaum hatte der Himmelsgeist die frohe Botschaft erhalten, stampfte er schon mit großen Schritten den Berg hinunter. Und wo sein Fuß hintrat, taute der Schnee, und die Erde riß auf. Heute noch kann man seine Fußspuren auf der westlichen Seite von Mount Shasta sehen.

Unten im Tal angekommen, sah er ein Zelt stehen und fragte: Wohnt meine Tochter vielleicht dort?

In der Meinung, seine kleine Tochter endlich gefunden zu haben, betrat er glückstrahlend das Zelt. Als er dann aber eine erwachsene Frau anstatt eines kleinen Mädchens erblickte und erfuhr, daß jene merkwürdig aussehenden Wesen an ihrer Seite seine Enkel seien, packte ihn ein unbändiger Zorn. Er fuhr die Großmutter so heftig an, daß sie vor lauter Schreck auf der Stelle tot umfiel. Dann verfluchte er alle Grislybären.

Kniet nieder! befahl er ihnen. Ihr habt eine Schandtat begangen! Darum werde ich euch bestrafen. Von nun an sollt ihr auf vier Beinen laufen und nie wieder sprechen können! Der Himmelsgeist jagte seine Enkelkinder aus dem Zelt fort, schwang seine Tochter über die Schulter und eilte davon. Seitdem hat man ihn nie wieder gesehen. Man erzählt sich, daß er mit seiner Familie zurück in den Himmel gegangen sei.

Die Kinder seiner Tochter und des Grislybären zerstreuten sich in alle Himmelsrichtungen und durchwanderten die ganze Welt. Das waren die ersten Indianer, die Vorfahren aller Indianerstämme. Aus diesem Grund werden die Indianer, die in der Nähe vom Mount Shasta leben, nie einen Grislybär töten. Wenn aber ein Grislybär einen Indianer überfällt und tötet, wird sein Leichnam an der Stelle begraben, wo er seinen Tod fand. Jeder, der vorbeikommt, legt auf dessen Grab einen Stein nieder.

Die Stimme, die mich rief

Oglala Sioux

Ich kann mich nicht mehr so genau erinnern, wann ich die Stimme zum ersten Mal gehört habe. War ich damals vier oder etwa schon fünf Jahre alt? Wahrscheinlich ist es doch in meinem fünften Sommer gewesen, denn vorher besaß ich noch nicht Pfeil und Bogen, und reiten konnte ich auch nicht.

Es geschah unweit von unserem Lager, wo ich allein auf der Wiese spielte. Da hörte ich auf einmal eine Stimme. Ich dachte, meine Mutter rief mich. Doch als ich mich umsah, konnte ich niemanden sehen.

Zu meinem fünften Geburtstag schenkte mir mein Großvater Pfeil und Bogen. Er lehrte mich, damit umzugehen, und brachte mir auch das Reiten bei. Stolz auf meine neuen Fähigkeiten, verließ ich unser Lager und ritt zum Fluß, wo ich ein paar Vögel schießen wollte. An einem Seitenarm des Flusses erblickte ich einen Königsvogel. Rasch griff ich einen Pfeil aus dem Köcher und zielte auf ihn. Da geschah etwas Merkwürdiges, der Königsvogel begann zu sprechen.

Sieh, die Wolken schauen auf dich herab, sagte der Vogel.
Hörst du? Eine Stimme ruft dich!
Ich schaute zum Himmel empor und sah zu meiner Verwunderung zwei Männer, die auf mich zugeflogen kamen.
Als sie mich erreicht hatten, kreisten sie über mir und sangen:

> *Horch! Es ruft dich eine Stimme!*
> *Aus allen Himmelsrichtungen erklingt*
> *die heilige Stimme.*
> *Horch! Eine Stimme ruft dich.*

Dann verwandelten sich die fliegenden Männer in Schneegänse und flogen in die Richtung, wo die Sonne untergeht. Noch lange verfolgte ich ihren Flug, bis sie allmählich meinem Blick entschwanden. Von Westen her zog ein Gewitter auf. Am Himmel ballten sich düstere Wolken. Ein heftiger Wind erhob sich. Die Erde bebte unter Donnerschlägen.
Seit meiner Vision waren vier Winter und vier Sommer vergangen. Inzwischen war ich neun Jahre alt geworden. Die Bleichgesichter hatten quer durch unser Land eine Straße gebaut, die die Büffelherde in zwei Teile trennte. Dennoch waren unzählige von ihnen auf unserer Seite geblieben, so hatten wir mehr als genug zu essen.
Wenn ich hinausritt und irgendwo allein war, hörte ich hin und wieder die rätselhafte Stimme, konnte aber nicht begreifen, was sie mir sagen wollte. Und wenn ich sie eine Weile nicht gehört hatte, vergaß ich sie, denn ich wurde nun älter und hatte andere Dinge im Kopf. Meist war ich mit meinen Freunden unterwegs oder ging mit meinem Vater auf die Jagd. Die Jungen meines Volkes begannen schon früh den Männern nachzueifern. Wir lernten alle Fertigkeiten, die ein Mann haben muß, indem wir die Er-

wachsenen nachahmten, und so wurden wir bereits frühzeitig tapfere Krieger.

In meinem neunten Sommer zog mein Volk in Richtung der Rocky Mountains. Eines Abends hatten wir unser Lager in einem Tal in der Nähe eines Flusses aufgeschlagen. An diesem Abend hatte mich mein großer Freund Mannes-Hüfte in sein Zelt eingeladen. Als wir eben beim Essen saßen, vernahm ich plötzlich wieder die Stimme. Die Zeit ist gekommen, nun rufen sie dich zu sich, sagte sie. Die Stimme klang so deutlich und laut, daß ich sie nicht überhören konnte. Ich sprang von meinem Platz auf und war bereit, ihr sofort zu folgen. Jedoch draußen vor dem Tipi verspürte ich einen brennenden Schmerz in meinen Beinen; zugleich hatte ich das Gefühl, mich wie in einem Traum zu bewegen. Mannes-Hüfte sah mich mit seinen gütigen Augen erstaunt an und fragte, was mir fehle. In meiner Verwirrung wußte ich nicht, was ich ihm antworten sollte. Meine Beine schmerzen mich, erwiderte ich verschämt.

Am nächsten Tag zogen wir schon frühmorgens weiter. Ich ritt mit den anderen Jungen zum Fluß, um unsere Wasservorräte aufzufüllen, und als ich von meinem Pferd heruntersprang, spürte ich wieder jenen unerträglichen Schmerz in den Beinen, diesmal so heftig, daß ich weder stehen noch laufen konnte. Meine Freunde halfen mir aufs Pferd, und ich ritt noch den ganzen Tag. Abends trug mich mein Vater in unser Tipi und bettete mich auf mein Lager. Meine Beine und auch mein Gesicht waren arg geschwollen. Ich fühlte mich sehr krank.

Der Ledervorhang zum Eingang in das Tipi war zurückgeschlagen. Daher konnte ich gut sehen, wie zwei Männer plötzlich aus den Wolken herausschlüpften und in Richtung unseres Lagers flogen. Ich erkannte in ihnen dieselben Männer, die damals zu mir gekommen waren, als ich am Fluß einen Königsvogel schießen wollte. Diesmal hatten sie Speere in den Händen, aus deren Spitzen Funken sprühten. Sie schwebten zur Erde herab und blieben vor unserem Tipi stehen. Komm! Beeil dich! sagten sie. Deine Großväter rufen dich!

Nach diesen Worten kehrten sie um und flogen wieder fort. Ich stand auf und merkte, daß mir die Beine nicht mehr weh taten und mein Körper federleicht geworden war. Ich verließ unser Tipi und wollte zu den fliegenden Männern eilen. Da erblickte ich am Himmel eine kleine Wolke, die sich auf mich zubewegte. Und als sie mich erreicht hatte, neigte sie sich zu mir. Ich schwang mich auf das Wölkchen und flog mit ihm fort. Unten auf der Erde sah ich meine Eltern, die mir nachblickten, und ich wurde traurig, daß ich sie verlassen mußte.

Das Wölkchen trug mich mit rasender Geschwindigkeit durch die Lüfte hinter den Männern mit den Speeren her. Sie bewegten sich auf die weißen Wolken zu, die sich auf der weiten, blauen Ebene hoch wie Berge türmten. Dort hausten die Donnerwesen. Ich sah sie in den Wolken flakkernd hin und her hüpfen.

Im nächsten Augenblick schon befand ich mich mit den zwei Männern in einer Wolkenwelt, rings umsäumt von schneebedeckten Hügeln und Bergen, die stumm auf uns niederstarrten. In der Stille, die uns umgab, hörte ich mit einemmal Geflüster.

Sieh! Dort ist ein vierbeiniges Wesen! riefen die Männer mit den Speeren. Ich schaute mich um und sah ein braunes Pferd. Du sollst meine Lebensgeschichte kennenlernen, sprach das Pferd. Dann wandte es sich nach Westen und sagte: Sieh sie dir an! Auch ihre Geschichte wirst du erfahren!

Da erblickte ich zwölf schwarze Pferde, an deren Hälsen Ketten aus Büffelhufen hingen. Obwohl ich sie schön fand, flößten sie mir Furcht ein, denn in ihren Mähnen leuchtete der Blitz, und aus ihren Nüstern grollte der Donner.

Darauf wandte sich der Braune nach Norden und sagte: Sieh! Und ich erblickte zwölf Schimmel nebeneinandergereiht stehen. Ihre langen Mähnen flogen im Sturm, und aus ihren Nüstern wetterte es wie Donnerschlag. Schneegänse kreisten über ihnen.

Sodann wandte sich der Braune nach Osten und befahl mir, meinen Blick dorthin zu richten. Ich sah zwölf kastanienbraune Pferde stehen, deren Hälse mit Ketten aus Elchzähnen geschmückt waren. Ihre Augen strahlten wie der Morgenstern, und ihre Mähnen glühten wie die aufgehende Sonne.

Und abermals drehte sich der Braune um. Diesmal nach Süden. Und ich erblickte zwölf graugelbe Pferde mit Hörnern auf der Stirn in einer Reihe stehen. Ihre Mähnen flatterten wie Laub und Gräser, wenn der Sturm sie zaust.

Und erneut hörte ich die Stimme des Braunen. Deine Großväter halten eine Ratssitzung ab. Diese vierbeinigen Geschöpfe werden dich zu ihnen geleiten. Hab keine Angst!

Und wie auf Befehl stellten sich alle Pferde, die Rappen, die Füchse, die Schimmel und die Falben, je vier in einer Reihe, hinter dem Braunen auf, der sich mit lautem Gewieher nach Westen wandte. Da brach auf einmal ein schrecklicher Sturm los, und ich sah, wie unzählige Pferde in allen Farben dahergerast kamen, so daß die Erde unter ihren Hufen zu zittern und schwanken begann.

Und jedesmal, wenn sich der Braune einer anderen Himmelsrichtung zuwandte, fing der Himmel zu glühen an und füllte sich mit wild galoppierenden Pferden in allen Farben, die dem Braunen zuwieherten.

Dann sagte der Braune: Sieh, wie alle deine Pferde tanzend zu dir kommen. Darauf sah ich Pferde, überall Pferde. Der Himmel war auf einmal voll von Pferden, die um mich herum wirbelten.

Komm! Beeil dich! rief der Braune. Es ist Zeit!

Wir machten uns auf den Weg und liefen Seite an Seite, während die Rappen, die Schimmel, die Füchse und Falben uns folgten. Plötzlich verwandelten sich all die tanzenden Pferde in allerlei Arten von Getier und Federvieh und flohen in alle Himmelsrichtungen davon.

Dann sah ich über mir eine Wolke, die sich in ein Tipi verwandelte. Darüber spannte sich buntfarbig ein Regenbogen. Drinnen in dem Tipi saßen sechs alte Männer. Der älteste von ihnen sagte freundlich zu mir: Komm herein! Fürchte dich nicht! Ich ging hinein und blieb vor den Greisen stehen, die mir uralt erschienen, so alt wie die Sterne am Himmel.

Deine Großväter haben sich zu einer Ratssitzung versammelt, sagte der älteste von ihnen. Obwohl seine Stimme sehr freundlich klang, zitterte ich am ganzen Körper vor Angst; denn es wurde mir mit einemmal bewußt, daß diese Greise keine menschlichen Wesen waren, sondern die Kräfte des Alls. Der erste verkörperte in sich die Kraft des Westens, der zweite die des Nordens, der dritte die des Ostens, der vierte jene des Südens, der fünfte die Kräfte des Himmels und der sechste die der Erde.

Siehst du die Donnerwesen dort, wo die Sonne untergeht? fragte der erste Großvater. Sie werden dir meine Kraft verleihen und dich zu einem einsamen Gipfel im Mittelpunkt der Welt führen, dorthin, wo die Sonne immer scheint, damit du klar erkennst, was du gesehen hast.

Als er zu mir sprach, hielt er in seiner rechten Hand eine

mit Wasser gefüllte hölzerne Schale, und ich sah darin den Himmel. Nimm sie! Sie gehört dir! In ihr ist die Kraft des Lebens! Dann übergab er mir einen Bogen und sagte: Nimm ihn! Er gehört dir! In ihm ist die Kraft der Vernichtung!

Danach wies er mit dem Finger auf sich selbst und sagte: Schau dir den nur gut an, auf den ich zeige, er ist von nun an dein Geist. Du dienst ihm als sein Körper. Sein Name ist Ausgestreckte Adlerschwinge.

Nachdem er das gesagt hatte, erhob er sich von seinem Platz und eilte in die Richtung davon, wo die Sonne untergeht. Auf einmal aber verwandelte er sich in ein schwarzes Pferd, das stehenblieb, sich zu mir umdrehte und mich mit traurigen Augen anstarrte. Es war ein armes, krankes Pferd und so dürr, daß man die Rippen an ihm zählen konnte.

Dann stand der zweite Großvater auf, der in sich die Kraft des Nordens verkörperte, und gab mir ein Bündel von Kräutern. Nimm es! rief er. Beeil dich! Ich griff nach den Kräutern und deutete dorthin, wo das schwarze Pferd stand. Da begann sich seine klapperdürre Gestalt allmählich zu füllen, und nachdem es seine Kräfte zurückgewonnen hatte, kehrte es fröhlich wiehernd zu seinem Platz zurück und wurde wieder der Großvater.

Faß nur Mut, jüngerer Bruder, fuhr der zweite Großvater fort. Dir wird die Flügelkraft des weißen Riesen gegeben werden, des reinigenden Windes. Mit dieser Kraft wirst du auf Erden Menschenkinder erschaffen.

Nach diesen Worten erhob er sich und lief gegen Norden. Plötzlich wandte er sich mir zu und wurde eine Schneegans, die aufflog und in den Lüften kreiste. Mein Blick fiel auf die Pferde, und ich sah, daß jene aus dem Westen Donnerwesen waren und die aus dem Norden Schneegansmenschen.

Dann fing der Großvater zu singen an:

Sie kommen, sieh nur!
Sie kommen, sieh nur!
Das Donnervolk naht!

Sie kommen, sieh nur!
Sie kommen, sieh nur!
Das Schneegansvolk naht.

Nun sprach der dritte Großvater, der die Kraft des Ostens verkörperte. Sei mutig, jüngerer Bruder! Er wies mit dem Finger auf den Morgenstern, und ich sah unter ihm wieder jene zwei fliegenden Männer. Diese Wesen werden dich quer durch die ganze Welt geleiten, sagte er. Sie werden dir Kraft verleihen – sie, die alle Lebewesen auf Erden, die Wurzeln, Beine oder Flügel haben, zum Leben erweckten. Und als er so zu mir sprach, hielt er eine Friedenspfeife in der Hand, deren Stiel ein Adler mit ausgestreckten Flügeln zierte. Doch der Adler lebte. Er begann mit den Flügeln zu schlagen und richtete seinen Blick auf mich. Mit dieser Pfeife, sagte der Großvater, wirst du durch die Welt wandern

und alle Krankheiten heilen. Dann wies er auf einen Mann, dessen Körper von roter Farbe war, der Farbe, die Wohlsein und Überfluß bedeutet. Der Mann legte sich auf den Boden, wälzte sich hin und her und verwandelte sich dabei in einen Büffel. Dieser sprang auf und lief zu den kastanienbraunen Pferden, die die Kraft des Ostens darstellten, und auch sie wurden fette Büffel.

Nun begann der vierte Großvater zu sprechen, der die Kraft des Südens verkörperte, die Kraft, die alles auf Erden wachsen läßt. Jüngerer Bruder! sagte er. Mit den Kräften der vier Himmelsrichtungen sollst du die Welt umwandern, als Verwandter aller Lebewesen. Sieh! Ich werde dir den Lebenskern des Volkes geben, mit dem du viele erretten wirst.

Und ich sah einen leuchtendroten Stab in seiner Hand, der lebendig wurde. Vier Zweige sprossen aus seiner Spitze und bedeckten sich mit grünen Blättern, und in den Blättern sangen Vögel. Dann erblickte ich auf der Erde im Kreis errichtete Zeltdörfer, wo Menschen und all die anderen Lebewesen mit Wurzeln, Beinen oder Flügeln lebten.

Dieser Stab soll im Mittelpunkt des Lebenskreises deines Volkes stehen, sagte der Großvater. Denn dies ist kein gewöhnlicher Stab; in ihm ruht das Herz der Menschen.

Eine Weile lauschte er still dem Gesang der Vögel. Dann sagte er: Schau hinunter! Und ich sah unten auf der Erde einen Kreis, in dessen Mitte der heilige Stab blühte; und dort, wo er stand, kreuzten sich zwei Pfade, ein roter und ein schwarzer.

Der rote, der sich von Norden nach Süden hinstreckt, ist der Pfad des Guten, erklärte mir der Großvater. Auf diesem Pfad soll dein Volk wandeln. Der schwarze Pfad hingegen, der von Westen nach Osten führt, ist der Pfad des Schreckens und der Kriege. Auch auf diesem Pfad mußt du gehen, denn aus ihm wirst du die Kraft schöpfen, die Feinde deines Volkes zu vernichten.

Nachdem er so zu mir gesprochen hatte, stand er auf und lief gegen Süden. Als er dann neben dem Falben stehenblieb, wurde er ein Elch, und die Pferde verwandelten sich auch in Elche.

Nun sprach der fünfte Großvater, der älteste von allen, der die Kraft des Himmels in sich verkörperte, zu mir. Mein Junge, sagte er. Ich habe dich gerufen, und du bist gekommen. Du sollst auch meine Kraft kennenlernen. Er streckte seine Arme aus und verwandelte sich augenblicklich in einen gefleckten Adler, der die Flügel breitete und sich hoch emporschwang. Und über mir kreisend, rief er: All das Federvolk der Lüfte wird zu dir kommen, und sie alle werden dir vertraut wie Verwandte sein. Und du sollst die Welt mit meiner Kraft durchwandern. Und höher und höher schwang sich der Adler empor, und plötzlich füllte sich der Himmel mit zahllosen Fittichen, die sich mir wie Freunde nahten.

Als letzter sprach der sechste Großvater, der die Kraft der Erde in sich verkörperte. Sein Haar war schlohweiß, sein Gesicht runzlig, und seine eingefallenen Augen blickten trübe. Uralt kam er mir vor. Als ich ihn so betrachtete, wurde er mählich jünger und immer jünger, bis er so alt zu sein schien, wie ich selbst war. Zu meiner Verwunderung erkannte ich in ihm mich selbst. Nachdem er sich wieder in einen Greis verwandelt hatte, sagte er: Mein Sohn! Meine Kraft wird die deine sein, und du wirst sie nötig haben, denn deinem Volk stehen schwere Zeiten bevor. Nun folge mir!

Er stand auf und torkelte durch die Regenbogentür des Tipis hinaus. Ich folgte ihm auf meinem Braunen, der mich zu diesem Ort geführt hatte. Der Braune, der in sich die Kraft des Westens besaß, blieb stehen und schaute zu den Rappen hinüber, und zugleich hörte ich ihn sagen: Du erhieltest die Schale Wasser, um das Leben auf Erden zum Blühen zu bringen, und Pfeil und Bogen, um Leben zu zerstören. Darauf wieherte der Braune, und die zwölf Rappen kamen und stellten sich hinter mich, je vier in einer Reihe.

Jetzt stand der Braune gegenüber den Füchsen, die die Kraft des Ostens verkörperten. Ihre Stirnen leuchteten wie der Morgenstern. Und wieder vernahm ich die Stimme: Dir wurde die heilige Pfeife, die Kraft des Friedens und der Segen des guten roten Tags gegeben. Hernach wieherte der Braune noch einmal, und die Füchse stellten sich hinter mich, je vier in einer Reihe.

Sodann stellte sich der Braune vor die Falben, die die Kraft des Südens in sich trugen, und die Stimme sagte: Die Groß-väter haben dir den heiligen Stab gegeben, den Lebenskern deines Volkes und den Segen des guten gelben Tags. Pflanze den Stab in den Mittelpunkt des Lebenskreises deines Volkes und gebiete ihm, zu wachsen und zu gedeihen. Er soll deinem Volk Schutz und Schirm gewähren. Und wieder wieherte der Braune, und die Falben stellten sich hinter mich, je vier in einer Reihe.

Dann wurde mir bewußt, daß auf den Pferden hinter mir Reiter saßen, und eine Stimme sagte: Gemeinsam mit den Reitern wirst du dich auf den schwarzen Pfad begeben, und solange du auf ihm verweilst, werden alle Lebewesen dich fürchten.

So ritt ich gegen Osten und begab mich auf den Pfad des Schreckens. Mir folgten die Reiter auf den Rappen, Schimmeln, Füchsen und Falben, je vier in einer Reihe. Hagel schauerte nieder. Rasende Stürme beugten die Wipfel der Bäume herab. Die Tiere und Vögel brüllten und schrien schaudernd, von Entsetzen gepackt. Über den Hügeln lag bleierne Finsternis.

Allmählich erhellte sich die Erde wieder, und unter mir sah ich Berge, Täler und Flüsse. Wir ritten weiter und gelangten zu einem Ort, wo drei Ströme ineinanderflossen, und ich sah, wie Flammen aus dem Wasser schlugen. In den lodernden Flammen hauste ein Mensch von blauer Farbe. Staubwolken wirbelten um ihn herum, das Gras war ausgedörrt, die Bäume krümmten sich in der Glut. Knochendürre zwei- und vierbeinige Wesen wälzten sich stöhnend auf der sengendheißen Erde.

Da galoppierten die Reiter auf den Rappen hinunter zur Erde und stürzten sich auf den blauen Mann. Der aber zeigte sich als der Stärkere und trieb sie fort. Auch den anderen Reitern, die ihn angriffen, erging es nicht besser.

Nachdem sie alle in die Flucht geschlagen worden waren, wandten sie sich hilfesuchend an mich und riefen wie aus einem Munde: Ausgestreckte Adlerschwinge, steh uns bei! Komm!

Als ich nun auf meinem Braunen hinuntersprengte, hielt ich in der einen Hand die Schale mit dem Wasser und in der anderen den Bogen, der sich in einen Speer verwandelte. Ich zielte auf den blauen Mann, und als die Spitze meines Speers, aus der Blitze zuckten, ihn mitten ins Herz traf, verloschen sogleich die Flammen. Fröhlich erklangen wieder die Stimmen aller Lebewesen! Hei! Du hast ihn getötet! riefen sie mir zu.

Sturmwolken trugen mich hinunter, und ich betrat die Erde als Regen. Es wa die Dürre, die ich getötet hatte, getötet mit den Kräften, die die Großväter mir verliehen hatten. Nun ritt ich entlang eines Flußbetts, das sich mählich mit Wasser füllte, und alsbald erblickte ich im Tal einen Kreis von Zelten. Siehst du die Menschen dort? sprach die Stimme. Das ist dein Volk! Beeil dich, Ausgestreckte Adlerschwinge! Bald hatte ich das Dorf erreicht. Hinter mir kamen die Rappen, die Schimmel, die Füchse und die Falben. Ein glühend heißer Wind blies aus dem Süden. Ich sah fast neben jedem Tipi Tote liegen und um sie herum kranke Männer und Frauen, die sie betrauerten. Mein armes, sieches Volk betrachtend, umritt ich das Dorf, und als ich mich umwandte, sah ich all die Männer, Frauen und Kinder aufstehen und mir vor Freude mit strahlenden Gesichtern entgegenkommen.

Und wieder sprach die Stimme: Deine Großväter gaben dir den heiligen Stab, damit du ihn zum Blühen bringst. So ritt ich mit dem Stab zum Mittelpunkt des Dorfes. Die Pferde stellten sich im Kreis um mich auf. Auch die Menschen bildeten einen Zirkel um mich. Da sagte die Stimme: Gib ihnen jetzt den blühenden Stab, damit sie wieder zu Kräften kommen, und auch die heilige Pfeife, damit sie die Macht des Friedens verstehen lernen. Auch die Fittiche des weißen Riesen, die Kraft des Nordens, sollen sie erkennen, so daß sie fortan alle Stürme und Winde mit Geduld und Mut zu ertragen vermögen.

Ich nahm den leuchtend roten Stab und stieß ihn im Mittelpunkt des Lebenskreises meines Volkes in die Erde. Als er die Erde berührte, zitterte er heftig in meiner Hand und verwandelte sich in einen Baum mit grünem Laub, in dem die Vögel sangen. Wie Verwandte vereinigten sich unter ihm Mensch und Tier. Und ich hörte freudevolle Rufe: Hier werden wir glücklich sein und unsere Kinder großziehen.

Dann hörte ich den Wind sanft im Gezweig wehen, und von Osten her kam die heilige Friedenspfeife auf Adlerschwingen angeflogen. Kaum hatte sie sich vor mir niedergelassen, strahlte sie eine segnende Kraft aus, die alles ringsum in friedvolle Stille hüllte.

Hell leuchtete der Morgenstern am Himmel, und die Stimme sagte: Sieh, dieser Stern wird den Menschen so vertraut sein wie ein Verwandter. Und wer immer ihn erblickt, wird in ihm mehr sehen als einen Stern. Denn von ihm kommt Weisheit! Und jene, die ihn nicht sehen, werden verstrickt sein in Finsternis.

So wandten sich alle Menschen mit dem Gesicht nach Osten, und das Licht des Sterns ergoß sich über sie. Und alle Hunde bellten, und alle Pferde wieherten.

Als dann die Stimmen von Mensch und Tier verklangen, begann die Große Stimme zu sprechen: Sieh dir den Lebenskreis deines Volkes an. Er ist heilig und hat kein Ende. So werden auch all die Kräfte deines Volkes sich in einer Kraft vereinigen, die kein Ende hat. Nun soll dein Volk aufbrechen und sich auf den roten Pfad begeben. Und deine Großväter werden es geleiten.

Da machte sich das Volk auf den Weg, und es gab folgende Ordnung:

Im ersten Trupp ritten ganz vorn Männer auf Rappen. Nach ihnen kamen Reiter auf Schimmeln. Ihnen folgten Reiter auf Füchsen. Hinter diesen ritten Männer auf Falben. Zuletzt kamen Jünglinge, Mädchen und Scharen von kleinen Kindern.

Den zweiten Trupp bildeten die vier Stammesführer, gefolgt von jungen Männern und Frauen.

Den dritten Trupp führten die vier Stammesratgeber an. Hinter ihnen zogen Männer und Frauen, von denen man nicht sagen konnte, ob sie alt oder jung waren.

Der vierte Trupp bestand aus alten Männern, die langsam, mit gesenktem Kopf und sich auf Stöcke stützend, einherhumpelten.

Ihnen folgte als fünfter Trupp eine große Zahl alter Frauen, gleichfalls mit gesenktem Kopf, sich mühselig fortbewegend. Als letzter ritt ich auf meinem Braunen, bewehrt mit Pfeil und Bogen, die ich von dem ersten Großvater erhalten hatte. Und doch war ich nicht der letzte. Denn als ich mich umdrehte, sah ich einen endlosen Zug von Geistern, die mir folgten, all die Großväter der Großväter und Großmütter der Großmütter zahlloser Generationen. Und ich fühlte, daß über allen die Große Stimme schwebte, die der Geist und die Kraft des Südens war.

Und als wir so dahinwanderten, hörte ich mit einemmal hinter mir die Stimme sagen: Seht, ihr seid ein großes Volk, das den heiligen Pfad in ein treffliches Land eingeschlagen hat.

Ich blickte hinauf und sah vier Anhöhen, die wir zu erklimmen hatten. Das Land um uns herum war saftig grün. Auf dem Weg zur ersten Anhöhe blieben alle alten Männer und Frauen stehen und reckten ihre Arme empor zum Himmel und fingen leise ein Lied zu summen an. Der Himmel war bedeckt mit Wolken, und in ihnen sah ich Kindergesichter. Als wir die erste Anhöhe erreicht hatten, lagerten wir uns im heiligen Kreis, und in die Mitte des Kreises pflanzten wir den heiligen Baum.

Dann begannen wir die zweite Anhöhe emporzusteigen. Auch hier war das Land grün, obwohl die Hänge steiler wurden. Da sah ich, wie sich plötzlich die Menschen in Elche, Büffel und andere Arten von Vierbeinern verwandelten, die feierlich auf dem guten roten Pfad weiterwanderten. Ich selbst wurde ein gefleckter Adler, der in der Luft über ihnen kreiste. Ehe wir vor dem Gipfel der zweiten Anhöhe stehenblieben, um ein Lager aufzuschlagen, wurden alle Tiere unruhig, denn sie hatten gemerkt, daß sie nicht mehr Menschen waren. Sie stießen verzweifelte Schreie aus und klagten den Anführern ihr Leid, und ich sah, daß vom heiligen Baum die Blätter herabfielen.

Da hörte ich wieder die Stimme: Achte auf dein Volk und vergiß nicht, was dir die Großväter gegeben haben. Denn fortan wird dein Volk sich auf einen schweren Weg begeben. Nachdem das Volk das Lager abgebrochen hatte, sah es vor sich auf einmal den schwarzen Pfad, der dorthin führte, wo die Sonne untergeht. Am Himmel türmten sich dunkle Wolken. Wenn das Volk auch davor zurückschreckte, auf dem schwarzen Pfad weiterzugehen, so wußte es doch, daß es nicht stehenbleiben durfte.

Als sie allesamt die dritte Anhöhe emporklommen, begannen auf einmal die Tiere, die eigentlich Menschen waren, in furchtbarem Durcheinander hin und her zu rennen. Und überall in den Weiten des Himmels hörte ich die Winde miteinander kämpfen wie wilde Tiere.

Als wir den dritten Gipfel endlich erstiegen hatten und dort lagerten, zerbrach der Kreis des Volkes und zerstob wie Rauch im Wind. Auch der heilige Baum schien zu sterben; all die Vögel in seinen Zweigen waren fortgeflogen. Da ahnte ich, wie fürchterlich der Aufstieg der vierten Anhöhe sein würde.

Kaum hatte mein Volk begonnen, die vierte Anhöhe zu ersteigen, hörte ich wieder die Stimme, doch diesmal so traurig wie die eines kummervoll Schluchzenden. Sieh dir dein Volk an! sagte die Stimme. Da sah ich, daß die Tiere sich wieder in Menschen verwandelt hatten. Doch kränklich und elend sahen sie aus, dürr und ausgemergelt, als ob sie vor Hunger sterben müßten. Und ihre Pferde bestanden nur mehr aus Haut und Knochen, und der heilige Baum war verschwunden.

Da erblickte ich nördlich vom Lager einen heiligen Mann,

dessen Körper mit roter Farbe bemalt war. Mit einem Speer in der Hand stellte er sich in die Mitte der Menschen. Dort legte er sich zu Boden und wälzte sich hin und her, und als er sich wieder erhob, war er ein fetter Büffel geworden. An jener Stelle aber, wo er gestanden hatte, entsproß dem Boden nun eine heilige Pflanze, diese wuchs und wuchs, bis sich auf ihrem Stengel vier Blüten entfaltet hatten – eine blaue, eine weiße, eine purpurrote und eine gelbe.

Nun erst verstand ich den Sinn von alldem, was geschehen war. Die Büffel waren die Gabe eines guten Geistes. Von ihnen schöpften wir unsere Kraft. Die aber sollten wir verlieren und sie doch wiedergewinnen mit Hilfe desselben guten Geistes. Nachdem die Pflanze emporgewachsen und aufgeblüht war, schien sich das Volk langsam zu erholen. Die Pferde wedelten mit den Schwänzen und wieherten, und ich fühlte eine kühle Brise aus dem Norden wehen, die wie die sanfte Hand eines guten Geistes über mein Volk strich. Auch der blühende Baum stand nun wieder auf seinem alten Platz, im Mittelpunkt des Lebenskreises meines Volkes.

Ich war noch immer der gefleckte Adler, kreisend über meinem Volk. Und als ich hinunter auf die Erde schaute, bemerkte ich, daß ich mich, bereits über dem vierten Gipfel befand, wogegen mein Volk auf dem dritten lagerte. Finsternis umgab mich und noch immer kämpften die Winde miteinander und erfüllten mit tobendem Geheul die ganze Welt. Dazwischen knatterte es grauenerregend, als ob unzählige Gewehre gleichzeitig abgefeuert würden. Dann wieder klang es schaurig wie das Schluchzen zahlloser Frauen und Kinder in höchster Pein.

Ich sah mein Volk erschrocken umherrennen und die Tipis befestigen, die der Sturm wegzufegen drohte. Und ich sah Scharen von Schwalben vor der Sturmwolke fliehen.

Da kam mir ein Lied der Kraft in den Sinn, und ich begann zu singen:

> *Dem guten Volk verhelfe ich zum Leben.*
> *Das Volk dort oben hat es mir gesagt*
> *und hat mir auch die Kraft dazu gegeben.*

Und als ich dieses Lied sang, hörte ich eine Stimme: Eile in alle vier Himmelsrichtungen und bitte um Hilfe. Und nichts soll dir gleichen an Kraft.

Ich schwang mich auf meinen Braunen, denn das Pferd ist ein irdisches Wesen, und die Erde sollte mir Kraft verleihen. Aber als ich, der Stimme gehorchend, mich auf den Weg begeben wollte, erblickte ich im Westen ein knochendürres Pferd von bräunlich-schwarzer Farbe. Und eine Stimme im Westen sagte: Nimm das und verwandle es. Und siehe, was ich in den Händen hielt, war die Pflanze mit den vier Blüten. Als ich dann hoch über dem armseligen Klepper im Kreis durch die Lüfte ritt, hörte ich mein Volk nach dem guten Geist rufen und ihn bitten, ihm Kraft zu geben. Das dürre Pferd wieherte und wälzte sich auf der Erde, und als es wieder aufstand, hatte es sich in einen starken schwarzen Hengst mit glänzendem Fell verwandelt. Der prächtige Rappe war der Anführer aller Pferde, wenn er wieherte, fuhren Blitze aus seinen Nüstern, und seine Augen leuchteten wie der Abendstern. Erst stellte der Rappe sich gegen Westen, dann gegen Norden, gegen Osten und Süden, und jedesmal wieherte er laut, wenn er sich in eine der Himmelsrichtungen wandte. Darauf kamen unzählige Herden von prachtvollen Rappen, Schimmeln, Füchsen und Falben aus allen Himmelsgegenden dahergesprengt. Schön waren sie und furchterregend zugleich.

Plötzlich hielten all die Pferde im Lauf inne und stellten sich auf den Hinterhufen im Kreis um ihren Anführer. Da erschienen aus den vier Himmelsrichtungen vier wunderschöne Jungfrauen, die sich zu dem schwarzen Hengst gesellten. Eine hielt die Schale mit dem Wasser, die andere den weißen Fittich, die dritte die heilige Pfeife und die vierte den heiligen Stab. Da erstarrte die ganze Welt in Stille und lauschte erwartungsvoll. Und der schwarze Hengst hob sein Haupt und sang:

> *Meine Pferde, seht nur, wie sie springen.*
> *Seht nur, wie sie springend zu mir kommen.*
> *Wie sie springend kommen, meine Pferde.*
> *Wie sie kommen aus den weiten Welten.*
> *Tanzen werden sie. Seht, wie sie tanzen.*
> *Seht, das Pferdevolk will tanzen, tanzen.*
> *Seht nur, wie sie tanzen, meine Pferde.*

Seine Stimme klang zwar nicht allzu laut, und dennoch erfüllte sie das ganze Universum. Alles zwischen Himmel und Erde lauschte seiner Stimme. Und nach der schönen Melodie des Liedes begannen die Jungfrauen zu tanzen, und auch all die Pferde, die Gräser auf den Hügeln und in den Tälern, alle Bäche, alle Flüsse und Seen, all die zwei- und vierbeinigen Wesen und selbst die Fittiche der Winde stimmten ein in den Tanz.

Dann zog die schwarze Wolke vorbei, und segenspendender Regen schauerte nieder auf die Menschen, indes im Osten ein schimmernder Regenbogen sich über den Himmel spannte.

Und wieder hörte ich eine Stimme, die da sprach: Ein glücklicher Tag für alle Wesen ist zu Ende gegangen! Und als ich hinunterschaute, sah ich, daß die Erde reich an Früchten war und alle Wesen sich freundlich zueinander verhielten und ihr Glück genossen.

Und aufs neue sprach die Stimme: Sieh, das ist dein Tag. Es liegt an dir, ihn zu nutzen. Nun wirst du im Mittelpunkt der Erde zu stehen kommen. Denn dorthin werden sie dich geleiten.

Ich ritt noch immer auf meinem Braunen und fühlte, daß mir die Reiter des Westens, des Nordens, des Ostens und des Südens folgten. Nach Osten ging es nun. Vor mir sah ich bewaldete Hänge und zackige Felsen, und buntfarbene Blitze schossen aus dem Gestein zum Himmel empor. Bald hatte ich den höchsten Gipfel erreicht. Unter mir lag der ganze weite Kreis der Erde. Und während ich dort stand, sah ich mehr, als ich erzählen kann, und ich verstand auch mehr, als meine Augen sahen. In heiliger Scheu sah ich die Gestalten aller Dinge und die Gestalten hinter allen Gestalten; denn so müssen alle Dinge eins werden und zusammen leben, als wären sie ein Lebewesen.

Ich sah auch, daß der heilige Kreis meines Volkes nur einer der vielen Kreise war, weit wie das Tageslicht und das Licht der Sterne. Und im Mittelpunkt dieses Kreises wuchs ein mächtiger blühender Baum, der allen Kindern einer Mutter und eines Vaters Schutz gewährte. Und er war heilig.

Als ich mich auf dem Gipfel befand, sah ich zwei Männer angeflogen kommen, und zwischen ihnen leuchtete der Morgenstern. Als sie mich erreicht hatten, gaben sie mir eine Pflanze und sagten: Damit kannst du alles vollbringen auf Erden, alles, was du unternimmst. Es war die Pflanze des Morgensterns, des tiefen Verstehens, und ich sollte sie auf die Erde fallen lassen. Als ich dies tat und sie die Erde berührte, schlug sie Wurzeln. Vier Blüten entsprangen einem Stengel – eine blaue, eine weiße, eine purpurrote und eine gelbe. Und die Strahlen, die den Blüten entsprangen, reichten empor in die himmlischen Höhen, so daß alle Wesen auf Erden sie sehen konnten. Überall verbreiteten die Blüten ihr Licht, und nirgendwo war es mehr finster.

Dann sagte die Stimme zu mir: Es wird Zeit, daß du zurück zu den Großvätern gehst.

Bisher hatte ich nicht darauf geachtet, wie ich gekleidet war, und nun sah ich, daß mein ganzer Körper rot und die Gelenke schwarz mit weißen Streifen dazwischen bemalt waren. Das Fell meines Braunen deckte ein flammendes Muster zackiger Blitze, und seine Mähne flackerte wie eine Wolke im Wind. Auch mein Atem war ein flammender Blitz.

Als ich, geleitet von den zwei Männern, auf meinem Braunen ritt, verwandelten sich die Männer in Schwärme von Gänsen, die kreisend übereinander flogen und geheiligte Schreie ausstießen.

Dann sah ich vor mir einen Regenbogen, der über dem Tipi der Großväter schimmerte. Das Tipi war aus Wolken gebaut und von einer Wolke überdacht, befestigt war es mit Riemen von Blitzen. Und über dem Wolkentipi waren alle Fittiche der Lüfte, und unter diesen tummelten sich Tiere und Menschen. Jubel erfüllte die Erde. Und selbst das Donnergedröhn klang jetzt fröhlich wie Gelächter.

Er hat gesiegt! riefen alle sechs Großväter.

Als ich durch die Regenbogentür ritt, erklangen im ganzen All freudevolle Stimmen, und ich sah die Großväter, von Westen nach Osten gereiht, auf ihren Plätzen sitzen. Mit ausgestreckten Armen begrüßten sie mich. Und in der Wolke hinter ihnen sah ich Menschenkinder, die noch nicht geboren waren.

Die Großväter überreichten mir noch einmal die selben Gaben, die ich schon früher von ihnen erhalten hatte – die Schale Wasser, um Leben zu erwecken, den Bogen samt Pfeilen, um Leben zu zerstören, den weißen reinigenden Fittich, die Heilpflanze, die heilige Pfeife und den heiligen Stab. Und als sie zu mir sprachen, schmolzen sie hinein in die Erde und stiegen aus ihr wieder empor. Und als sie dies taten, fühlte auch ich mich fest angezogen von der Erde.

Dann sagte der älteste der Großväter zu mir: Mein Sohn, du hast die gesamte Welt gesehen, und nun sollst du mit der Kraft, die dir verliehen wurde, zu dem Ort zurückkehren, woher du kamst. So wird es sein, daß Hunderte Heiligkeit erlangen und Hunderte brennen werden wie Flammen. Merk dir das!

Ich schaute hinunter und sah dort auf der Erde mein Volk, und alle waren wohlauf und glücklich außer einem, der wie ein Toter dalag, und dieser eine war ich selber. Dann erklang die Stimme des ältesten Großvaters, der dieses Lied sang:

> *Da liegt einer hingestreckt, doch heilig ist er.*
> *Da ist einer, der auf nackter Erde liegt.*
> *Heilig möge er auf Erden wandeln.*

Dann fing das Wolkentipi zu schwanken an, wie Wolken, wenn der Wind sie jagt, und der Glanz des Regenbogens verblaßte und wurde immer trüber. Von allen Seiten drangen Stimmen an mein Ohr: Ausgestreckte Adlerschwinge ist erschienen, riefen sie. Seht, da ist er!

Als ich durch die Regenbogentür trat, brach der Tag an, und ich sah den Morgenstern, den Großen Stern, der der Sonne vorangeht und den Himmel erhellt. Bald kam die Sonne hervor, und ich fühlte über mir ihre warmen Strahlen. Und die Sonne sang:

Ich erscheine, sichtbar ist mein Antlitz.
Heilig ist mein Aufgang, wenn es tagt.
Froh mach ich die Erde, laß sie grünen,
füll des Volkes Lebenskreis mit Freude.
Sichtbar ist mein Antlitz. Seht nur, seht nur!
Was auf zwei, was auf vier Beinen wandelt,
ich war es, der alles wandeln ließ.
Was da fliegt, dankt mir die Kraft der Schwinge.
Das ist mein Tag! Und heilig soll er sein!

Als das Lied der Sonne verhallt war, hörte ich über mir eine Stimme: Ausgestreckte Adlerschwinge, schau dich um! Das war der gefleckte Adler, der zu mir gesprochen hatte. Ich wandte mich um und sah einen hohen felsgekrönten Berg in der Mitte der Welt stehen, dort, wo vorher das Wolkentipi mit der schimmernden Regenbogentür gestanden hatte.

Allein wandelte ich dahin auf einer weiten Ebene. Über mir flog mein Schutzgeist, der gefleckte Adler. In der Ferne erblickte ich das Dorf meines Volkes, und ich begann schneller zu laufen, denn ich hatte Heimweh. Als ich dann endlich unser Lager erreicht hatte und vor unserem Tipi stand, sah ich meine Mutter und meinen Vater über einen kranken Jungen gebeugt sitzen. Da hörte ich jemanden sagen: Der Junge kommt zu sich! Gebt ihm Wasser zu trinken! Ich setzte mich und blickte meine Eltern an, glücklich und zugleich traurig, weil sie nicht wissen konnten, welche Welten ich inzwischen durchmessen hatte.

Wie die Sonne gefangen wurde

Winnebago

Zur Zeit, als die Tiere die gesamte Welt beherrschten, waren sie sehr grausam gegen die Menschen. Sie jagten sie, töteten sie und fraßen sie auf. Nur durch ein Wunder waren ein Mädchen und ihr kleiner Bruder am Leben geblieben. Der Junge war ein Zwerg, und wenn er auch allmählich älter wurde, an Größe und Kraft nahm er nicht zu. Deshalb mußte seine Schwester allein für alles Sorge tragen.

Eines Tages ging das Mädchen wie gewöhnlich in den Wald, um nach etwas Eßbarem zu suchen. Ihrem Bruder gab sie Pfeil und Bogen und sagte: Versteck dich und warte, bis ein großer Vogel herbeigeflogen kommt. Wenn er die Würmer vom Baum zu picken beginnt, schieß auf ihn.

Als dann wirklich ein Vogel erschien, spannte der Junge seinen Bogen, aber er verfehlte den Vogel. Laß den Kopf deswegen nicht hängen, tröstete ihn seine Schwester. Versuch's morgen noch einmal.

Am nächsten Tag kam wieder ein Vogel, und diesmal hatte der Junge Glück. Er traf den Vogel und tötete ihn. Stolz auf seine erste Beute, eilte er nach Hause und zeigte sie der Schwester. Schwesterchen, heb bitte die Haut und die Federn des Vogels auf, bat er. Wenn ich erst mehrere davon geschossen habe, kannst du mir ein Hemd daraus machen. Was sollen wir mit dem Fleisch tun? fragte das Mädchen. In jener Zeit aßen die Menschen nämlich kein Fleisch. Sie ernährten sich von Beeren, Eicheln, Wurzeln und was ihnen sonst die Natur an eßbaren Pflanzen und Früchten bot.

Koch daraus eine kräftige Suppe, meinte der Junge.

Und nachdem er zehn Vögel erlegt hatte, fertigte die Schwester seinem Wunsch gemäß ein prachtvolles Federhemd für ihn an.

Schwesterchen, leben denn außer uns keine Menschen auf der Welt? fragte der Junge eines Tages.

Vermutlich gibt es noch andere, antwortete seine Schwester. Aber es ist zu gefährlich, uns auf die Suche nach ihnen zu machen. Wir könnten von den Tieren überfallen und getötet werden.

Eines Morgens war das Mädchen Reisig sammeln gegangen. Da nutzte der Junge die Abwesenheit seiner Schwester und nahm Pfeil und Bogen und begab sich auf die Jagd. Nachdem der eine gute Weile gewandert war, wurde er müde, legte sich hin und schlief fest ein. Die Mittagssonne jedoch schien so heiß auf ihn herab, daß sie ihm die Federn seines Hemdes verbrannte. Als er erwachte und das versengte Hemd sah, sprang er auf, ballte seine kleinen Hände zu Fäusten und drohte der Sonne, daß er sich an ihr rächen werde, auch wenn sie noch so hoch am Himmel hinge.

Verärgert über das Mißgeschick, eilte er heim und erzählte seiner Schwester, was die unverschämte Sonne angerichtet hatte. Alle Worte des Mädchens aber konnten ihn nicht trösten. Er aß und trank nicht mehr. Zehn Tage lang lag er regungslos da. Danach erhob er sich und bat seine Schwester, ihm eine Schlinge zu machen, damit er die Sonne fangen könne. Sie fertigte für ihn eine starke Schlinge aus einer Hirschsehne an. Der Junge meinte aber, sie sei zu kurz. So schnitt sie ihren langen Zopf ab und gab ihn dem Bruder. Doch auch damit war er nicht zufrieden. Schließlich holte sie aus dem Wald dicke Schlingpflanzen und flocht ein langes Seil daraus. Das gefiel dem Kleinen schon besser. Um Mitternacht wickelte er das Seil um seinen Körper und machte

sich auf den Weg, um die Sonne vor ihrem Aufgang zu ertappen. Und er hatte Glück. Er fing sie und hielt sie so fest, daß sie sich nicht rühren und daher auch nicht aufgehen konnte.

Da gerieten alle Tiere in große Not. Die Vögel hörten auf zu singen. In der Finsternis sahen sie die Bäume nicht mehr. Mit ihren Köpfen stießen sie gegen die mächtigen Stämme und fielen tot herab. Die Tiere rannten brüllend und schreiend umher und wußten nicht, wo sie sich befanden. Viele von ihnen stürzten in Seen und Flüsse und ertranken. So versammelten sich die Tiere eilends zu einer Ratssitzung und beauftragten die Haselmaus, die damals so groß wie ein mächtiger Berg war, das Seil, das die Sonne festhielt, zu zernagen. Sie tat es auch und befreite die Sonne aus ihrer Gefangenschaft. Aber die Glut ihrer Strahlen hatte die Haselmaus zusammenschrumpfen lassen und ihr die Augen geblendet. Und darum ist die einst riesengroße Haselmaus bis heute winzig klein und nahezu blind geblieben.

Obwohl die brave Haselmaus die Sonne befreit hatte, waren alle überzeugt, daß der kleine Bruder, der sie mit der Schlinge gefangen hatte, das weiseste Wesen auf Erden war und die mächtigsten Zauberkräfte besaß. Seitdem gewannen die Menschen die Oberhand über die Tiere. Die Menschen jagten fortan die Tiere und nicht mehr die Tiere die Menschen.

Die Elch-Hunde

Blackfoot

Vor langer Zeit, als die Indianer nur Hunde besaßen, um ihre Habseligkeiten in Stangenschlitten von Ort zu Ort zu bringen, lebten ein Mädchen und ein Junge, die keine Eltern mehr hatten. Das Mädchen war von außergewöhnlicher Schönheit, klug und sehr geschickt mit den Händen. Ihren kleinen Bruder hingegen hatte das Schicksal hart getroffen. Er war taub, und weil er nicht hören konnte, was man zu ihm sagte, hielten ihn alle für einen hoffnungslosen Dummkopf. Nicht einmal die Verwandten kümmerten sich um ihn. Der Name dieses armseligen Knaben war Langer Pfeil. Wie ein geschlagener, herrenloser Hund schlich er um das Lager herum und wagte nicht, sich irgendeinem Tipi zu nähern, aus Furcht, verprügelt oder weggejagt zu werden. Der einzige Mensch, der ihn liebte, war seine Schwester.

Eines Tages wurde seine Schwester von einer Familie aus dem Nachbarstamm adoptiert. Die Leute waren sehr angetan von dem Mädchen, wollten aber ihren Bruder, den kleinen taubstummen Jungen, der zu nichts taugte, unter keinen Umständen bei sich aufnehmen. Als das Mädchen traurigen Herzens weggehen mußte, blieb ihr Bruder, seinem Schicksal überlassen, ganz allein zurück. Er ernährte sich von den Speiseresten, die den Hunden hingeworfen wurden, und trug alte, abgetragene Kleidungsstücke, die niemand mehr haben wollte. Wie ein Tier in seinem Bau schlief er nachts in einer mit Gras ausgelegten Höhle.

Als in dieser Gegend das Wild knapp wurde, suchten die Menschen andere Jagdgründe. Sie brachen die Zelte ab und zogen fort. Bleib hier, Taugenichts, sagten sie zu dem Jungen. Wir möchten nicht, daß du mit uns kommst.

Nachdem sein Stamm fortgezogen war, ernährte sich Langer Pfeil eine Zeitlang von den Fleischresten und anderen Dingen, die er im Lager noch fand. So jung er war, wußte er doch genau, daß er bald verhungern würde, wenn er allein bliebe. So beschloß er, insgeheim den anderen zu folgen. Schluchzend lief er ihren Spuren nach. Und da geschah ein Wunder. Plötzlich knackte es in seinem linken Ohr, und eine dickflüssige Masse lief heraus, und kaum hatte er sie mit der Hand fortgewischt, hörte er klar und deutlich den Gesang der Vögel. Dann knackte es auch in seinem rechten Ohr, und auch aus diesem floß eine zähe Flüssigkeit. Jetzt konnte er das Rauschen eines in der Nähe fließenden Baches hören. Vor Freude fing er zu tanzen an, jauchzte und stieß laute Schreie aus, um sich zu überzeugen, daß er nicht träumte und wirklich hören konnte. Glücklich wie nie zuvor, begann er aufs neue, den Spuren seines Stammes zu folgen.

Inzwischen hatte sich sein Volk an einem anderen Ort niedergelassen. Die Männer waren zur Jagd gezogen. Im Zeltdorf befanden sich nur alte Leute, Frauen und Kinder. Langer Pfeil ging an einem alten Häuptling vorüber, der Guter Renner hieß und eben dabei war, einen Büffel zu zerlegen. Als der Häuptling den kleinen zerlumpten Jungen vor sich sah, dachte er: Da ist er ja wieder, der arme Taugenichts. Es war doch grausam, ihn zurückzulassen. Er rief ihn zu sich und sagte: Komm näher, mein Junge! Du bist verschwitzt und staubig. Geh und wasch dich und iß dann ein wenig. Langer Pfeil stürzte sich gierig auf das Stück Fleisch, das der alte Häuptling ihm darbot. Der Alte beobachtete ihn aufmerksam beim Essen. Der Junge hat einen klugen Blick, dachte er im stillen. Dumm ist er sicher nicht. Er reichte ihm noch ein Stück Fleisch, dann einen Happen von der Leber, auch ein Stück Niere bekam er, und schließlich schnitt der Häuptling für den Jungen eine Scheibe von der Zunge ab. Je länger Guter Renner den Jungen ansah, desto besser gefiel er ihm, und einer plötzlichen Eingebung folgend, sagte er: Mein Junge, ich nehme dich zu mir. In meinem Tipi ist Platz für dich. Ich werde aus dir einen tüchtigen Jäger und einen guten Krieger machen.

Vor lauter Glück traten dem Jungen die Tränen in die Augen. Beruhige dich, mein Kleiner! sprach der alte Häuptling. Du bist jetzt mein Enkelkind, und ich werde dich vor allem Übel beschützen und dafür sorgen, daß die Leute dich nicht mehr Taugenichts nennen. Fortan sollst du mit deinem richtigen Namen angesprochen werden.

Als die Frau des alten Häuptlings erfuhr, daß der Junge bei ihnen bleiben sollte, war sie außer sich. Hast du den Verstand verloren, Alter? schrie sie ihn an. Was sollen wir denn mit diesem Taugenichts anfangen? Warum willst du mir in meinen alten Tagen solch eine Last aufbürden?

Weib, hör auf, Unsinn zu reden, erwiderte Guter Renner bitterböse. Dieser Junge ist alles andere als ein Dummkopf. Das kannst du mir glauben. Von nun an ist er unser Enkelkind. Schau! Der Kleine läuft barfuß. Näh für ihn ein Paar Mokassins.

Guter Renner war ein freundlicher und herzensguter Mensch, aber wehe dem, der seinen Zorn erregte.

So begann ein neues Leben für Langer Pfeil. Nachdem er sprechen gelernt hatte, stellte sich heraus, daß er eine ungewöhnlich rasche Auffassungsgabe besaß. Er lernte derart schnell, daß er bald alle Jungen in seinem Alter überflügelte.

Auch seine Großmutter, die ihn anfangs öfter unbeherrscht angefahren hatte, behandelte ihn nunmehr freundlich und begann allmählich sogar, stolz auf ihn zu sein.

Mittlerweile war Langer Pfeil zu einem stattlichen jungen Mann herangewachsen. Er war ein tüchtiger Jäger geworden. Seinen Großvater liebte er über alles in der Welt. Aber trotz seiner vielen guten Fähigkeiten hatte er nur wenige Freunde. Denn viele im Lager konnten nicht vergessen, daß er einmal ein Ausgestoßener war.

Großvater! Ich möchte etwas Großes vollbringen, so daß du stolz auf mich sein kannst, sprach er eines Tages. Sag mir, was ich tun könnte.

Guter Renner erwiderte: Warte nur, der Tag wird kommen, an dem du ein Häuptling sein und viele gute Taten vollbringen wirst.

Aber was könnte ich schon jetzt tun? drängte Langer Pfeil. Der alte Mann überlegte eine Weile. Vielleicht sollte ich es dir gar nicht sagen, hob er schließlich an. Ich liebe dich und möchte dich nicht verlieren. Aber höre. An stillen Winterabenden erzählt man allerlei Geschichten, darunter auch eine, daß in einem weitentfernten See Geistermenschen leben, die geheimnisvolle Tiere besitzen. Man sagt, daß diese Tiere größer als Elche sind, daß sie schwere Lasten tragen können, daß sie stark, schnell, sanft und von unvorstellbarer Schönheit sind. Viele unserer jungen Männer gingen auf Suche nach diesen Geistermenschen, um für unseren Stamm ein paar von ihren Elch-Hunden zu holen. Doch bisher ist noch keiner von ihnen zurückgekehrt.

Ich fürchte mich nicht, Großvater! Ich werde diesen See finden und einen Elch-Hund fangen, sprach Langer Pfeil begeistert.

Mein liebes Enkelkind! Du solltest erst lernen, ein richtiger

Mann zu werden. Vor allem mußt du unsere Gebete be-
herrschen und unsere feierlichen Bräuche kennen. Denn ich
möchte, daß du ein tapferer und großzügiger Mann wirst.
Laß erst den Heiligen Mann unseres Stammes eine Medizin
bereiten, die dich auf deiner gefährlichen Reise schützen soll.
Darauf wurde Langer Pfeil mit dem weißen Dampf des
Schwitzbades rein gewaschen. Dann wurde ihm beigebracht,
wie man die heilige Pfeife benutzt und zu dem geheimnisvollen Geist betet. Der Heilige Mann des Stammes fertigte
einen bemalten Medizin-Schild an, der unterwegs alle Gefahren von Langer Pfeil abwenden sollte.

Eines Morgens lud der alte Häuptling seinen besten Hunde-
schlitten mit allerhand Dingen voll, die Langer Pfeil auf
seiner großen Reise brauchen würde. Auch gab er ihm den
Medizin-Schild und seinen besten Bogen mit. Bei Anbruch
der Dämmerung begleitete er sein Enkelkind bis ans Ende
des Lagers, um ihn mit dem süßen Duft des Zedernrauches
zu segnen. Langer Pfeil verließ das Zeltdorf unbemerkt.
Später sprach es sich zwar herum, daß er fortgezogen war,
aber keiner außer seinem Großvater wußte, wohin und
welchen Plan er verfolgte.

Den Ratschlag seines Großvaters beherzigend, schlug Langer
Pfeil zunächst den Weg nach Süden ein. Am vierten Tag
gelangte er an einen Teich, wo er einem Mann begegnete,
der, wie ihm schien, auf ihn gewartet hatte.

Warum bist du hierhergekommen? fragte der Mann.

Ich suche die geheimnisvollen Elch-Hunde, erwiderte Langer Pfeil.

Ach so! Da kann ich dir nicht helfen, sagte der Unbekannte.
Aber wenn du noch viermal vier Tage weiter südwärts
wanderst, wirst du zu einem größeren See kommen und dort
einem meiner Onkel begegnen. Vielleicht kann er dir mehr
sagen.

Kaum hatte Langer Pfeil sich bei ihm bedankt, war der
Fremde in den Teich gesprungen und in dessen Tiefe verschwunden. Da wußte Langer Pfeil, daß er mit dem Geist
des Teiches gesprochen hatte.

Unermüdlich wanderte Langer Pfeil weiter. Er gönnte sich
nur kurze Pausen und kam schließlich zu einem großen See,
umringt von hohen Bergen, deren Hänge dicht mit Kiefern
bewachsen waren. Am Seeufer traf er einen Mann, der doppelt
so groß war wie er selber. In der Hand hielt der Riese einen
Speer mit einer blank geschliffenen Spitze aus Feuerstein.

131

He, Bursche! Weshalb bist du hierhergekommen? fragte der Unbekannte.

Ich bin auf der Suche nach Elch-Hunden, antwortete Langer Pfeil.

Der Riese schwang mit aller Wucht seinen mächtigen Speer und richtete ihn auf Langer Pfeil. Fürchtest du dich nicht, Kleiner?

Nein, ich fürchte mich nicht, erwiderte dieser.

Der Riese lachte laut. So tapfer du auch bist, ich kann nichts für dich tun. Vielleicht nimmt unser Großvater sich die Mühe, dich anzuhören. Doch mußt du noch viermal vier Tage weiter südwärts wandern. Mach dir aber keine großen Hoffnungen, daß du ihm begegnen wirst.

Flugs drehte sich der Seegeist um, sprang ins Wasser und tauchte in die Tiefe hinab.

Mit letzter Kraft setzte Langer Pfeil seinen Weg fort. Nach weiteren viermal vier Tagen kam er zu einem riesengroßen See, umrahmt von schneebedeckten Bergen. Totenstille herrschte hier. Kein Mensch ringsum. Dennoch war er überzeugt, daß dies der See war, den er gesucht hatte. Erschöpft von der beschwerlichen Reise, schlief er ein. Zu seinen Füßen lag zusammengekauert sein Hund.

Als Langer Pfeil am nächsten Morgen aus tiefem Schlaf erwachte und die Augen öffnete, sah er vor sich einen wunderschönen Knaben stehen. Dieser trug einen buntbestickten Mantel. Lange warten wir schon auf dich, sprach er. Komm mit mir!

Langer Pfeil nahm seinen Medizin-Schild, seines Großvaters Bogen, und nachdem er seinem Hund befohlen hatte, auf ihn zu warten, folgte er dem schönen Knaben. Als sie ans Ufer traten, deutete der Knabe mit dem Finger auf den See und sagte:

Das Zelt meines Großvaters befindet sich dort unten. Ich werde dich zu ihm begleiten.

Augenblicklich verwandelte sich der Knabe in einen Eisvogel und tauchte hinab in die Tiefen des Sees.

Verdutzt fragte sich Langer Pfeil: Soll ich ihm folgen? Womöglich ertrinke ich. Dann aber ging ihm durch den Kopf: Mir war von Anfang an bewußt, wie gefährlich mein Unternehmen sein würde, ja, daß es mich mein Leben kosten könnte.

So faßte der Mut und sprang dem Eisvogel nach, hinab in den See. Zu seiner Überraschung bemerkte er alsbald, daß er nicht naß wurde, daß er atmen und sehen konnte, denn das Wasser umfing ihn so sanft, als wäre es Luft. Dem Eisvogel folgend, gelangte er in eine flache Mulde, in deren Mitte ein großes Tipi aus Büffelhaut stand. Darauf waren mit heiliger purpurroter Farbe seltene Tiere gemalt. Auf einer der Zeltstangen saß der Eisvogel, der sich nun in den Knaben zurückverwandelte. Geh in meines Großvaters Tipi hinein, rief er mit freundlicher Stimme.

Langer Pfeil trat ein. Auf dem Ehrenplatz, am anderen Ende des Tipis, erblickte er einen in Schwarz gekleideten alten Mann mit schlohweißem Haar. Eine gewaltige Kraft ging von dem ehrwürdigen Greis aus, und Langer Pfeil fühlte sogleich, daß er einen wahrhaft großen Geist vor sich hatte. Der Alte hieß ihn willkommen und lud ihn zum Essen ein. Die Frau des Hauses bewirtete Langer Pfeil mit Büffelfleisch, Hirschfleisch und Geflügel. Ausgehungert von seiner langen Reise, verschlang dieser die wohlschmeckenden Speisen mit größtem Appetit. Während er aß, betrachtete er aufmerksam all die schönen Dinge, die sich im Inneren des Tipis befanden; den kunstvoll bemalten Vorhang, die verschiedenen Medizin-Schilde, die wunderbar verzierten Waffen, die buntbestickten Hemden und Mäntel und vieles andere mehr. Als der Geisterhäuptling sah, daß der junge Mann seinen Hunger gestillt hatte, stopfte er eine Pfeife mit Tabak und überreichte sie ihm. Rauchend beteten sie leise. Nach einer Weile begann der Alte zu sprechen: Einige junge Leute sind vor dir hier gewesen. Aber sie fürchteten sich, in den See zu tauchen. Darum gingen sie mit leeren Händen fort. Da du deine Tapferkeit bewiesen hast, habe ich dich auserkoren, deinem Volk ein Geschenk darzubringen. Geh jetzt! Mein Enkelkind wird dich zum Ufer führen.

Der Knabe brachte Langer Pfeil zu einer Wiese, wo seltsame Tiere mit glänzendem Fell, fliegenden Mähnen und langen Schwänzen weideten.

Endlich! Hier sind sie, die Pono-Kamita, die sehnsüchtig erwünschten Elch-Hunde! dachte Langer Pfeil.

Ich werde dir das Reiten beibringen, sagte der Knabe und schwang sich geschickt auf den Rücken eines der Tiere, das laut wiehernd mit ihm losraste. Er sprengte im Kreis um Langer Pfeil herum, dann hielt er vor ihm an.

Versuch's einmal, sagte der Knabe.

Noch etwas ängstlich und ungeschickt bestieg Langer Pfeil einen prächtigen schwarzen Elch-Hund, der sogleich mit ihm loseilte. Der Elch-Hund trug ihn so sicher und mühelos auf seinem Rücken, als ob Langer Pfeil leicht wie eine Feder wäre.

Eine gute Weile ergötzte sich Langer Pfeil an dem ungewöhnlichen Ritt. Als er vor dem Geisterknaben haltmachte, sagte dieser zu ihm: Tapferer Jäger, der du über dem Wasser lebst. Ich möchte dir helfen, deinen innigsten Wunsch zu erfüllen. Du mußt bemerkt haben, daß mein Großvater einen langen bunten Mantel trägt, der seine Füße verbirgt. Wenn es dir gelingt, sie zu erblicken, wird er dir keinen

Wunsch abschlagen können. Wünsche dir drei Dinge: seinen bunten, mit Wildschweinborsten bestickten Gürtel, seinen schwarzen Medizin-Mantel und eine Herde von diesen Tieren.

Langer Pfeil dankte dem Knaben und versprach ihm, seinen Rat zu befolgen.

Vier Tage verbrachte Langer Pfeil in dem Tipi des Geisterhäuptlings, wo er köstlich bewirtet wurde. Aber sosehr er sich auch bemühte, es gelang ihm nicht, die Füße des Alten zu erspähen. Doch am Morgen des vierten Tages, als der alte Mann aus dem Tipi heraustrat, blieb er mit seinem Mantel am Türvorhang hängen. Da konnte Langer Pfeil endlich die Füße des Alten sehen. In seiner Verwunderung entschlüpfte ihm ein leiser Schrei, und der Geisterhäuptling bemerkte, daß seine Füße den Blicken des jungen Mannes ausgesetzt waren. Ein wenig verlegen sagte er: Ich versuchte, sie vor dir zu verbergen, aber der Zufall hat es anders gewollt. Schau! Meine Füße sind wie die Hufe eines Elch- Hundes. Und da du jetzt mein Geheimnis weißt, darfst du dir etwas von mir wünschen.

Darauf sagte Langer Pfeil kühn: Ich habe drei Wünsche, deinen regenbogenfarbenen Gürtel, deinen schwarzen Medizin-Mantel und eine Herde von Elch-Hunden!

Soso! Du bist wahrhaftig nicht bescheiden! erwiderte der Geist. Du verlangst viel. Deine beiden ersten Wünsche kann ich dir leicht erfüllen, aber alle meine Elch-Hunde kann ich dir nicht geben. Wärest du mit der Hälfte der Herde einverstanden? Du sollst wissen, daß mein schwarzer Mantel und auch mein bunter Gürtel eine magische Kraft besitzen. Wann immer du einen Elch- Hund fängst, trage den Medizin-Mantel. Wenn du an stillen Abenden den Gürtel nahe an dein Ohr hältst, wirst du die Tanzmelodie und die Gebete dieser Tiere hören. Präge sie dir gut ein. Außerdem erhältst du von mir ein weiteres Geschenk, einen aus weißem Büffelhaar gewebten Mantel. Leicht kannst du die Tiere fangen, wenn du den Mantel über sie wirfst.

Nachdem der alte Geist das Wissen um die Wunderkräfte seiner Gaben an Langer Pfeil weitergegeben hatte, überreichte er ihm einen Sack voller Lebensmittel, der so groß und schwer war, daß Langer Pfeil ihn kaum tragen konnte. Das Enkelkind des Geisterhäuptlings begleitete ihn auf die Wiese, wo sein Hund ihn freudig begrüßte. Er fütterte ihn reichlich, lud den Sack mit den Lebensmitteln auf den Stangenschlitten und brach in Richtung Norden auf.

Am vierten Tag seiner Heimreise näherten sich Elch-Hunde von der linken Seite seinem Schlitten. Flink warf er den Büffelmantel über einen der Elch-Hunde, den er für sich selbst bestimmte. Dann fing er einen weiteren, der die Last tragen sollte, und viele mehr, bis er eine Herde von Elch-Hunden beisammen hatte.

Als Langer Pfeil schließlich in seinem Heimatdorf angeritten kam, erschraken die Menschen vor dem Gedonner der galoppierenden Elch-Hunde und versteckten sich. Er aber rief: Großvater! Dein Enkelkind ist zurückgekehrt und bringt Elch-Hunde mit.

Nachdem Guter Renner die Stimme seines Enkels erkannt hatte, trat er auf ihn zu. Freudentränen liefen ihm über sein verrunzeltes Gesicht, denn er hatte die Hoffnung bereits aufgegeben, Langer Pfeil jemals wiederzusehen. Nach und nach kamen auch die anderen Dorfbewohner herbei, um die schönen Tiere zu bewundern.

Da wandte sich Langer Pfeil an seine Großeltern: Niemals werde ich eure Güte vergessen, und immer bleibe ich in eurer Schuld. Betrachtet die Elch-Hunde als ein Geschenk von mir. Die Herde gehört euch. Mit diesen Tieren wird die Büffeljagd viel leichter sein. In Zukunft müssen wir nicht mehr lange Strecken zu Fuß laufen. Die Elch-Hunde können zehnmal mehr Last tragen als unsere Hunde. Für mich selbst möchte ich nur diesen schwarzen Hengst und die schwarze Stute behalten: mit ihnen werde ich eine große Herde von Elch-Hunden züchten.

Du hast eine gute Tat vollbracht! sagte Guter Renner.

Es dauerte nicht lange, da waren die Menschen kühne Reiter der Prärien geworden. Sie konnten sich nicht mehr vorstellen, jemals ohne die Elch-Hunde ausgekommen zu sein.

Guter Renner, von allen geehrt und wohlhabend geworden, sagte eines Tages zu seinem Enkelkind: Führ uns zu dem geheimnisvollen See. Wir wollen an seinen Ufern unser Lager aufschlagen. Laß uns den Geisterhäuptling und den seltsamen Knaben besuchen. Vielleicht werden sie uns noch mehr Kraft geben und uns an ihren magischen Gaben teilhaben lassen.

Langer Pfeil führte sein Volk südwärts, und auch diesmal fand er den großen, geheimnisvollen See. Aber als er in den See sprang, teilte sich das Wasser nicht. Auch keiner von den Eisvögeln verwandelte sich in einen schönen Knaben. Und schauten die Menschen noch so lange auf das kristallklare Wasser, sie entdeckten doch keine Geistermenschen, kein Tipi und keine Elch-Hunde in seinen Tiefen. Nur Fische schwammen darin.

Kojote schmückt den Himmel mit Sternen aus

Wasco

Vor langer Zeit lebten fünf Wolfsbrüder, die unzertrennlich waren. Wo sie auch hinwanderten, immer blieben sie zusammen. Nur ihr Freund Kojote durfte sich in ihrer Nähe aufhalten; mit diesem teilten sie auch gern ihre Beute.

Eines Abends sah Kojote seine Freunde in einer Reihe sitzen und in den Himmel schauen.

Was habt ihr am Himmel entdeckt? fragte er die Brüder.

Wir sehen uns den Himmel an, antwortete der älteste der Wölfe.

Am nächsten Abend traf Kojote die Brüder am selben Platz, und wieder betrachteten sie den Himmel. Neugierig wandte er sich an den zweitältesten der Wölfe und fragte ihn, ob er ihm vielleicht verraten würde, warum sie jeden Abend in den Himmel starrten. Aber seine Frage blieb unbeantwortet. Der Argwohn seiner Freunde kränkte Kojote sehr, und nachdem er sie vier Abende lang beobachtet hatte, beschloß er, einen letzten Versuch zu machen. Diesmal wandte er sich an den jüngsten Wolf und fragte ihn, was es denn am Himmel zu sehen gäbe. Darauf erzählte ihm dieser, daß sie dort zwei Tiere entdeckt hätten, aber nicht wüßten, wie man sie erreichen könnte.

Laßt uns hinaufsteigen und sie fangen, sagte Kojote.

Wie sollen wir das tun?

Oh, mir wird schon etwas einfallen, um in den Himmel zu gelangen, erwiderte Kojote.

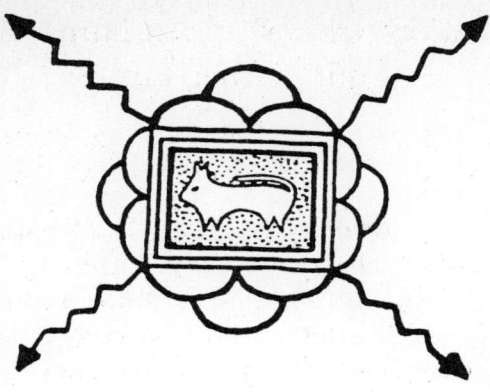

Er sammelte eine große Menge von Pfeilen, die er, einen nach dem anderen, in den Himmel schoß. Der erste Pfeil traf die Himmelsdecke und blieb dort stecken. Mit dem zweiten traf er das Ende des ersten. Und so schoß er immer weiter, bis die Pfeile, in einer langen Reihe aneinanderhaftend, wie ein Seil vom Himmel bis zur Erde reichten.

Jetzt können wir hinaufsteigen, meinte Kojote.

Zuerst kletterte der älteste Wolf empor. Ihm folgten seine vier Brüder. Als letzter machte Kojote sich auf. Nach mehreren Tagen mühsamen Kletterns und Klimmens erreichten sie endlich die Himmelsdecke. Wie sich nun erwies, waren die zwei Tiere, die die Wolfsbrüder von der Erde aus erspäht hatten, Grislybären.

Geht nicht so nah an sie heran! warnte Kojote seine Freunde. Sie könnten euch überfallen und in Stücke reißen.

Aber die beiden jüngsten Wölfe stürzten bereits auf die Bären zu, und die anderen zwei Brüder liefen hinter ihnen her. Nur der älteste Wolf hielt sich zurück. Als er sah, daß die Bären sich friedlich verhielten, trat auch er näher.

Kojote jedoch mißtraute den Bären. Er wagte sich nicht

heran. Aus der Ferne blickte er zu den Tieren hinüber und dachte bei sich: Es ist ein hübsches Bild – die sieben Tiere dort! Wenn die Leute unten auf der Erde in Zukunft zum Himmel emporblicken, werden sie sagen, da muß doch jemand geholfen haben, die Wölfe hinaufzubringen. Und dann werden sie die Geschichte von mir erzählen, die Geschichte von dem Seil aus Pfeilen, mit dem ich die Wölfe in den Himmel führte.

So stieg Kojote vom Himmel hinab und bewunderte noch einmal das Bild der sieben Tiere. Das Seil aus Pfeilen aber entfernte er, so daß keines von ihnen wieder herabklettern konnte. Die sieben Tiere am Himmel werden seither der Große Bär genannt. Man kann noch deutlich den ältesten Wolf mit den vier jüngeren und den beiden Grislybären erkennen.

Kojote fand so großen Gefallen an dem strahlenden Sternbild der sieben Tiere, daß er Lust bekam, den ganzen Himmel mit Sternen auszuschmücken. Und nachdem er sein Werk vollendet hatte, rief er den Wiesensterling zu sich und bat ihn, wenn er einmal nicht mehr am Leben sein werde, jedem, der den leuchtenden Sternenhimmel bewunderte, zu erzählen, daß dies seine Schöpfung sei, was der Wiesensterling auch bis heute gewissenhaft tut.

Die Schmetterlinge

Papago

An einem Herbsttag saß der Allvater aller Dinge in einem Dorf und beobachtete die glücklich herumtollenden Kinder. Ach! Diese Kinder, die fröhlich miteinander spielen, werden eines Tages alt und siech sein, dachte er. Ihre frische, glatte Haut wird runzelig werden und ihre Haare grau. Sie werden ihre weißen, gesunden Zähne verlieren. Die hübschen jungen Mädchen werden dann schrumpelig und fett sein, die verspielten Welpen sich in blinde, räudige Köter verwandeln. Bald wird der kalte Winter mit seinen eisigen Winden kommen. Und all die Blumen werden verblühen, das Laub von den Bäumen wird herabfallen und ausgedörrt die Erde decken. Dann gibt es kein Wild für die Jäger mehr. Von solchen trüben Gedanken befallen, wurde der Allvater immer trauriger.

Mit einemmal schmunzelte er jedoch, als ob seine trübseligen Gedanken plötzlich verflogen wären. Noch ist es warm, und die Sonne scheint in ihrem unbändigen Glanz. Ich habe keinen Grund, mich zu grämen, sprach er zu sich. Ich kann mich immer noch an der bunten Pracht der Blumen erfreuen. Wie schön sind doch die vielfältigen Farben der Blätter im Herbst! Wie schön der strahlend blaue Himmel! Diese prächtigen Farben sollten verewigt werden, ging ihm durch den Sinn. Ich müßte etwas tun, um den Kindern eine Freude zu bereiten.

Er erhob sich und begann von allem Schönen ein wenig einzusammeln und in einen Sack zu tun: ein Strahlenbündel von der Sonne, eine Handvoll Himmelsbläue, den Schatten der spielenden Kinder, die Haarschwärze der jungen Mädchen, das Grün der Kiefernnadeln, das Gelb und Rot der Blumen, und schließlich gab er noch all die Vogellieder in seinen Sack hinein.

Dann lief er zu der Wiese, wo die Kinder sich aufhielten. Liebe Kinder! Schaut her! Ich habe eine Überraschung für euch! rief er.

Als diese den Sack öffneten, flogen auf einmal Hunderte von bunten Schmetterlingen heraus. Sie fingen rings um die Kinder herum zu tanzen an, setzten sich auf ihre Schultern und Köpfe und sangen allerliebste Lieder.

Da kam ein Vogel herbei und ließ sich auf Allvaters Schultern nieder. Empört sprach er zu ihm: Es geziemt sich nicht, daß du uns unserer Lieder beraubst, um sie diesen hübschen Flatterwesen zu geben. Als du uns erschufst, bekam ein jeder von uns sein eigenes Lied. Genügt es denn nicht, daß du sie mit wunderschönen leuchtenden Farben ausgestattet hast?

Du hast recht, mein Freund! erwiderte verlegen der Allvater. Das hätte ich nicht tun dürfen.

So nahm er den Schmetterlingen die Lieder wieder fort und gab sie den Vögeln zurück. Darum sind die Schmetterlinge stumm. Aber schön sind sie doch geblieben.

Die fünf Freunde im Kanu

Salish

Als die Welt vor unendlichen Zeiten noch jung war, gab es nur wenige Sterne am Himmel. Wer würde das glauben, wenn er heute zum Himmel emporblickt, der in seiner unendlichen Weite mit Millionen Sternen besät ist? Wie sind sie dorthin gelangt? Manche hatte der Schöpfer aller Dinge als Lagerfeuer für die Geister der Toten entzündet; manche wieder waren ursprünglich Tiere und Menschen, die der Schöpfer in Sterne verwandelt und in den Himmel versetzt hatte. Aber fünf Sterne, die dort oben in hellem Licht erstrahlen, waren einst Männer aus dem Stamm Salish gewesen. Sie lebten damals am Westufer eines großen Sees. Immer gingen sie gemeinsam zur Jagd oder fischten im See, denn sie liebten einander wie Brüder. Wenn sie von Feinden überfallen wurden, kämpften sie zusammen gegen diese, und nie wäre es einem von ihnen in den Sinn gekommen, einen Freund im Stich zu lassen.

An einem heißen Sommertag, als die Männer ihre Kanus für den Fischfang in den See schieben wollten, sagte einer von ihnen: Seht doch, meine Freunde, wie morsch das Holz ist. Damit werden wir nicht weit kommen.

Du hast recht, mein Bruder! sprach der älteste von ihnen. Mit diesen brüchigen Kanus hinauszufahren ist gefährlich. Es kann leicht geschehen, daß sie die Last der Fische, wenn der Fang reichlich ausfällt, nicht mehr tragen können. Dann gehen wir zusammen mit dem Fang unter. Laßt uns ein großes, neues Kanu bauen, in dem wir alle Platz haben.

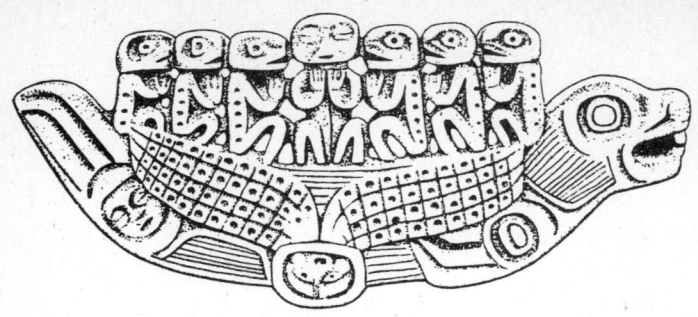

Sogleich machten sie sich an die Arbeit und höhlten einen dicken Baumstamm für ein großes Kanu aus.

Als dieses fertig war, setzten die Männer sich hinein und ruderten zu einer seichten Stelle am anderen Ufer. Dort drüben in der Bucht gibt es Schwärme von Fischen, sagten sie zueinander. Das wird ein guter Fang werden.

Der Häher aber, der auf dem Zweig eines Baumes in der Nähe saß, hatte das Gespräch der Männer mit angehört. Im Unterschied zu ihnen wußte er, daß sehr bald ein gewaltiger Sturm losbrechen würde, und dann wären seine Freunde, die er liebte, verloren. Sollten sie dem anderen Ufer zusteuern, sie würden es nie erreichen. Der Sturm würde ihr Kanu zum Kentern bringen und die riesigen Wogen es samt den Männern verschlingen.

Der arme Häher wußte in seiner Aufregung nicht, wie er seinen Freunden die drohende Gefahr anzeigen sollte. In Windeseile flog er hinüber zu dem großen Felsen, wo Kojote sich aufhielt, und erzählte ihm von den Ängsten, die ihn seiner fünf Freunde wegen plagten. Was könnten wir tun, um sie zu retten? fragte er betrübt.

Der weise alte Kojote erwiderte: Meine Kraft reicht nicht aus, den Sturm und die Wellen zu beschwichtigen. Dennoch könnte ich sie vor dem Ertrinken bewahren. Du mußt wissen, daß der Tag für ihre Fahrt in die Geisterwelt schon nahegerückt ist. Sei trotzdem unbesorgt, ich helfe deinen Freunden.

Darauf hob er die fünf Männer mitsamt dem Kanu hoch empor in den Himmel. Und im Dunkel der Nacht kann man sie dort bis heute in strahlendem Licht sehen – die fünf Freunde in ihrem Kanu.

Wie die Wölfe den Menschen halfen

Sioux

Wieder einmal waren die Einwohner eines Sioux-Dorfes aufgebrochen, um bessere Jagdgründe zu finden. Ihre Zelte und ihren Hausrat hatten sie auf die Stangenschlitten geladen und zogen in einem langen Zug dahin. Ihnen lag nichts daran, fremdes Land zu erobern, nur einen Ortswechsel wollten sie. Sie suchten eine Gegend in ihrem eigenen Stammland, wo es reichlicher Futter für ihre Pferde und mehr Tiere für die Jagd gab. Die Sioux-Indianer liebten es, immer wieder ihren Wohnort zu wechseln und an Flüssen mit klarem Wasser und in Gefilden mit frischem, saftigem Grün ihre Tipis aufzustellen.

Unter den Dahinziehenden war auch eine junge Frau, die sehr an ihrem Hündchen hing. Das war ein kleines, lustiges, zottiges Tier, das sie vom ersten Tage seines Lebens an gepflegt und umsorgt hatte.

Eines Abends aber, als sie unterwegs ihr Lager für die Nacht aufgeschlagen hatten, konnte sie ihr Hündchen nirgendwo finden. Sie suchte es überall, lief durch das ganze Lager und fragte jeden einzelnen, ob er es nicht gesehen hätte. Alles vergebens. Das Tier war spurlos verschwunden. Möglicherweise hat es, als wir nach der Mittagsrast weiterzogen, unseren Abmarsch verschlafen, dachte sie im stillen. So lief sie am nächsten Tag gleich im Morgengrauen, ohne ihren Angehörigen ein Wort zu sagen, ein gutes Stück Wegs zurück. Denn sie hoffte, ihr Hündchen wäre dem Zug nachgelaufen. Doch als sie den Rastplatz erreicht hatte, fand sie auch dort keine Spur von ihm. Traurig überlegte sie hin und her, wohin es sich verlaufen haben könnte. Vielleicht hatte es ein Wolfsrudel weggelockt? So etwas war schon öfter vorgekommen. Die Wölfe hatten eine große Anziehungskraft auf die Hunde. Manche von ihnen schlossen sich den Wölfen für eine Weile an und trieben sich mit dem Rudel in den Wäldern herum. Doch waren die meisten Hunde sehr bald in die Dörfer zurückgekehrt und lebten wieder unter den Menschen. Demnach wäre es möglich, überlegte die junge Frau, daß ihr Hündchen, nachdem es von den Wölfen genug hatte, in das alte, erst kürzlich verlassene Dorf zurückgelaufen war. So machte sich die Frau auf den Weg zurück in ihr altes Dorf. Unterwegs aber wurde sie sehr müde und beschloß, sich eine Weile auszuruhen. Sie suchte sich ein geschütztes Plätzchen am Fuß eines Felshangs, kauerte sich zusammen und schlief bald ein.

Als sie am nächsten Morgen erwachte, war die Erde mit einem dicken weißen Teppich zugedeckt. Sie schüttelte den Schnee von ihrem Kleid und stapfte tapfer weiter den Weg hin zu ihrem alten Dorf.

Bald begann es aufs neue zu schneien. Jeder Schritt fiel der Frau schwer. Ihre Füße versanken so tief im Schnee, daß sie Mühe hatte, sie wieder herauszuziehen. Das Schneegestöber nahm ihr die Sicht, und sie fürchtete, sich gänzlich zu verirren. So blieb ihr nichts übrig, als in einer Höhle Zuflucht zu suchen. Dort war sie geschützt vorm Wind. Vor dem Hunger brauchte sie keine Angst zu haben. Sie hatte in ihrem Lederbeutel genügend Dörrfleisch, um sich ein paar Tage lang satt essen zu können. Nachdem sie ein wenig davon zu sich genommen hatte, fühlte sie sich wieder wohler, zugleich aber auch sehr müde und schläfrig von dem erschöpfenden Gestampfe im Schnee. Sie streckte sich aus und schlief sofort ein.

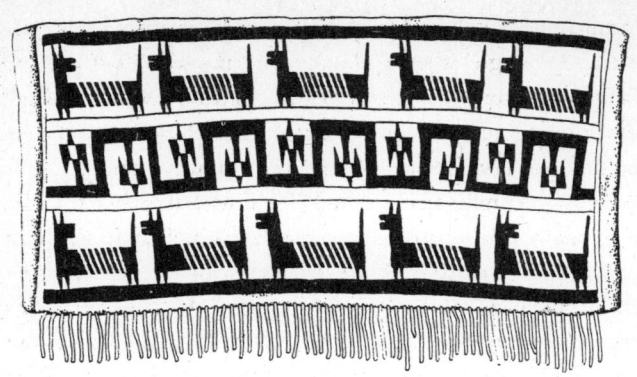

Im Traum hatte sie eine wundersame Erscheinung. Sie träumte von Wölfen, die mit ihr sprachen und deren Sprache sie auch gut verstehen konnte. Die Wölfe sagten ihr, daß sie sich verirrt habe und nicht so leicht zurückfinden würde. Doch wollten sie dafür sorgen, daß sie weder frieren noch hungern müsse. Als die Frau erwachte, sah sie tatsächlich ringsum in der Höhle Wölfe sitzen, die sie ruhig und freundlich betrachteten. Sie empfand auch nicht die geringste Furcht vor ihnen. Das heftige Schneegestöber wollte kein Ende nehmen, und so verbrachte die Frau viele Tage bei den Wölfen, die mit ihr sprachen und deren Sprache sie nicht nur verstand, sondern auf einmal auch selbst sprechen konnte. Hunger mußte sie nicht leiden, denn die Wölfe brachten ihr das zarteste Fleisch von ihrer Beute. Und wenn sie sahen, daß die Frau fror, kauerten sie sich so eng um sie herum, daß sie mit ihrem Fell die junge Frau angenehm warm halten konnten.

Als das Schneegestöber endlich nachließ und die Wolken die Sonne wieder freigaben, sagten die Wölfe zu der Frau, daß sie sie nun zurück zu ihrem Stamm geleiten würden. Über viele Hügel und so manchen Bach führten sie die junge Frau, bis sie zu einer Anhöhe kamen, von der aus man das Zeltdorf ihres

Stammes erblicken konnte. Hier müssen wir uns von dir ver-
abschieden, sagten die Wölfe, die der Frau so viele Tage und
Nächte lang treue und freundliche Gefährten gewesen waren.
Wir können nicht weiter mit dir gehen. Leb wohl! Wir werden dich nicht vergessen. Vergiß auch du uns nicht.
Wehmütig trennte sich die junge Frau von den Wölfen, die
sie liebgewonnen hatte. Sie sehnte sich freilich nach ihren
Leuten, aber auch die Wölfe wollte sie nicht mehr missen.
Kann ich etwas für euch tun, um eure Freundlichkeit zu
vergelten? Einen Gefallen könntest du uns tun, bring uns
gutes, fettes Fleisch. Wir würden es als Vorrat mit auf den Weg
nehmen, wenn der Winter zu lange dauert und wir nur wenig
zu fressen haben. Das will ich gern tun, versprach sie.
Als sie die Anhöhe hinablief und sich dem Lager näherte,
stieg ihr ein unangenehmer Geruch in die Nase. Woher mag
dieser merkwürdige Geruch kommen, überlegte sie. Dann
aber meinte sie, daß er wohl von den Menschen ausgehen
müsse. Menschen riechen eben anders als Tiere, und das
wird auch der Grund sein, warum die Tiere so leicht die
Menschen aufspüren können. Sie hatte so lange unter Wölfen gelebt, daß deren Geruch ihr natürlich schien, der Geruch von Menschen aber ihr fremd geworden war.
Die Freude war groß, als die junge Frau nach so langer Zeit
heil und gesund wieder im Lager erschien. Auf die Frage,
wo sie nur all die Zeit gewesen sei, deutete die Frau mit der
Hand auf die Anhöhe unweit des Lagers. Dort hockte ein
Rudel Wölfe. Du mußt ja durch furchtbare Gefahren gegangen sein! riefen die Leute entsetzt.
Die junge Frau beruhigte sie: Nein, die Wölfe haben mir
nichts getan. Im Gegenteil, sie haben mich mit Fleisch ver-
sorgt und mich mit ihren Leibern gegen die Kälte geschützt.
Ich habe weder gehungert noch gefroren in der Zeit, die ich

unter ihnen weilte. Nun seid so gütig und erweist ihnen eine Freundlichkeit. Sammelt gutes, fettes Fleisch in jedem Tipi. Sie haben mich darum gebeten, ich werde es ihnen bringen. Sogleich wurde ein junger Mann ausgesandt, um den Leuten im ganzen Lager die wundersame Kunde zu bringen. Von jedem Tipi erhielt er ein gutes, fettes Stück Fleisch. Die junge Frau schnürte die Fleischstücke in einem Bündel zusammen, lud es sich auf den Rücken und stieg die Anhöhe empor. Die Leute im Lager trauten ihren Augen nicht, als sie sahen, wie freudevoll die Wölfe die Frau empfingen und sich sogar an sie schmiegten, als sie die Fleischstücke aus ihrem Bündel vor ihnen hinlegte.

In den kommenden Jahren, als die junge Frau allmählich älter und schließlich sehr alt wurde, sorgte sie immer dafür, daß die Wölfe in der klirrenden Winterkälte Fleisch aus dem Lager ihres Stammes bekamen. Sie vergaß auch nicht die Sprache der Wölfe, die sie auf so wunderbare Weise erlernt hatte. In den Winternächten, wenn die Leute im Lager die Wölfe heulen hörten, fragten sie die Frau, was das Geheul zu bedeuten hätte. Dann erklärte sie ihnen so manches, was für den Stamm bedeutsam, ja lebenswichtig war. Denn die Wölfe gaben Zeichen, wenn sich ein Unwetter zusammenbraute, wenn ein Orkan loszubrechen drohte oder Feinde sich dem Lager näherten. Alle waren dankbar für das geheime Wissen und für die Kunde, die die Frau von den Wölfen erhielt. Und darum nannten die Leute ihres Stammes sie liebevoll: Die Frau, die unter den Wölfen lebte.

Das Schwitz-Zelt

Shahaptin

Vor unendlich langen Zeiten, als das Tiervolk noch ganz allein die Wälder, Berge und Prärien bewohnte, war das Schwitz-Zelt ein Mann, und zwar ein unter den Tieren angesehener, kluger, weitsichtiger Mann, der längst voraussah, daß bald das Menschenvolk kommen würde, um die Erde zu besiedeln.

Eines Tages rief Schwitz-Zelt alle Tiere zusammen und sprach zu ihnen: Wir haben lange Zeit allein auf dieser Erde gelebt. Bald aber werden wir nicht mehr die einzigen sein, die sie bevölkern. Ein anderes Geschlecht wird kommen und hier leben. Darum müssen wir uns trennen. Jeder soll selbst einen Platz finden und für sich bestimmen, ob er als Tier, das auf Füßen läuft, oder als Vogel, der durch die Lüfte fliegt, als ein kriechendes oder hüpfendes, schwimmendes oder springendes Wesen leben möchte.

Zuerst wandte sich Schwitz-Zelt an den Elch: Du bist von mächtiger Gestalt, Bruder Elch. Sag mir, was du in Zukunft zu sein wünschst.

Ein Elch und nichts anderes, erwiderte der Elch.

Nun, dann zeige uns, was du kannst, sprach Schwitz-Zelt. Sogleich sprang der Elch auf und lief mit anmutig-kraftvollem Schritt mehrmals im Kreise um die Versammelten.

Du darfst bleiben, was du bist, Bruder Elch, sagte Schwitz-Zelt feierlich. Darauf rief er den Adler zu sich und fragte auch ihn, was er zu sein wünsche.

Eben das, was ich jetzt bin – ein Adler, antwortete er.

Dann flieg eine Strecke und beweise uns, was du kannst.
Der Adler schwang sich hoch in die Lüfte und zog ruhig
und fast ohne Schwingenschlag weite, majestätische Kreise
über den vor Bewunderung emporstarrenden Tieren.
Komm zurück, rief ihm Schwitz-Zelt zu. Dein Flug hat uns
alle überzeugt. Du wirst die zackigen Felsen, die schroffen
Gibel der Berge bewohnen und König über alle Vögel sein.
Selbst von dem Menschenvolk, das da kommen wird, sollst
du geehrt und bewundert werden.
Der Adler bedankte sich für die schönen, lobenden Worte
und flog in einem weiten Bogen über den Köpfen der Tiere
hinweg, bis er ihren Blicken entschwunden war.

Jetzt meldete sich der Häher zu Wort: Schwitz-Zelt, ich möchte wie der Adler sein. Was der kann, kann ich auch.

Wenn du meinst, daß du es ihm gleichtun kannst, dann laß uns einmal deine Flugkünste sehen, sagte Schwitz-Zelt, der nicht nur weise, sondern auch gerecht war und jedem eine Gelegenheit geben wollte, seine Fähigkeiten zu zeigen.

Der Häher strengte sich gewaltig an, die königliche Erhabenheit des Adlerfluges nachzumachen. Doch konnte er trotz aller Bemühungen seine viel kürzeren Flügel nicht lange ruhig halten. Anstatt gleitend dahinzuschweben, begann er sehr bald mit seinen Flügeln zu flattern, und das ließ seinen Flug immer unsicherer und fahriger erscheinen.

Komm zurück! rief Schwitz-Zelt. Mit dem Adler kannst du es nicht aufnehmen, Bruder Häher. Du mußt schon bleiben, was du bist – ein Häher nämlich.

Danach trat ein Bär aus der Schar der Tiere hervor.

Bruder Bär, sagte Schwitz-Zelt zu ihm. Dich kenne ich gut. Du bist ein kräftiges und grimmiges Tier, das die Menschen fürchten werden. Denn du wirst so manchen von ihnen zu Tode bringen durch deine wilde Kraft.

Der Bär brummte etwas vor sich hin und trottete davon.

Der Reihe nach gab Schwitz-Zelt nun allen Tieren und Vögeln, die sich rings um ihn versammelt hatten, ihren Namen – allen, den großen und kleinen, ja den allerkleinsten, den Schlangen und Fröschen, den Eidechsen und Käfern, den Schildkröten und dem Gewürm; und nachdem sie ihre Namen von ihm erhalten hatten, zogen sie sich in jene Gegenden der Erde zurück, wo sie in Zukunft leben sollten.

Alle waren gegangen, nur Kojote nicht. Schwitz-Zelt hatte ihm auch noch keinen Namen gegeben.

Nun rief Schwitz-Zelt Kojote zu sich und sagte: Du bist der Klügste, der Schlaueste und der Scharfsinnigste unter den

Tieren. Einer, vor dem man sich in acht nehmen muß, und ich frage dich, ob du auch bleiben willst, was du jetzt bist, oder ob du vielleicht etwas anderes sein möchtest.

Lange genug habe ich als Kojote gelebt, antwortete dieser. Ich möchte etwas anderes werden, etwas Größeres und Edleres, als ich bisher war – ein Adler vielleicht oder ein Elch.

Versuche es nur, sagte Schwitz-Zelt freundlich. An mir soll es nicht liegen. Doch du mußt mir beweisen, daß du es ihnen gleichtun kannst.

Kojote machte ein paar jämmerliche Versuche, sich wie der Adler stolz in die Lüfte zu erheben. Mehr als ein paar ungeschickte Hüpfbewegungen wollten ihm jedoch nicht gelingen. Dann stürmte er davon, in der Meinung, er könnte den anmutsvoll-mächtigen Schritt des Elchs nachahmen. Aber mehr als ein paar armselige Hopser gelangen ihm nicht mit seinen viel kürzeren und schwächeren Beinen.

Laß es gut sein, Bruder Kojote, sagte Schwitz-Zelt, gutmütig lächelnd. Du läufst eben, wie es einem Kojoten geziemt. Und zum Fliegen reicht es bei dir auf keinen Fall. Bleib also, was du bisher warst, ein Kojote und gib dich damit zufrieden.

Das schmerzte den ehrgeizigen Kojoten bitterlich. Mit kläglichem Geheul schlich er sich davon.

Schwitz-Zelt war nun allein geblieben. Eine Zeitlang überlegte er, was noch zu tun sei. Bald werden die Menschen kommen, dachte er, und wenn sie da sind, sollten sie etwas vorfinden, was ihnen Kraft gibt, eine reine und gute Kraft, die ihnen bei allem, was sie unternehmen, hilft. Ich werde mich zeigen als jemand, der ihnen von großem Nutzen sein kann. Wer immer mich besucht, dem will ich große Kraft verleihen, Kraft im Frieden und Kraft im Krieg, und was immer er unternimmt, soll ihm gelingen. Als Fischer wird er viele Fische fangen, als Jäger eine reiche Beute nach Hause bringen. Ich will den Menschen eine schützende, schirmende Kraft sein und ihnen die geheime Macht verleihen, die sie als Menschen brauchen.

So sprach Schwitz-Zelt mit großem Ernst und in einer Weise, als gäbe er dem Menschenvolk ein feierliches Versprechen.

Dann kniete er nieder, die Hände auf die Erde gestützt, und wartete auf das Erscheinen der Menschen. Und so kniet er noch heute als williger Helfer für jeden, der ihn aufsucht, der sich von ihm reinigen und seine magischen Kräfte auf sich wirken lassen will. Denn die Reinigung, die das Schwitz-Zelt den Menschen zu geben vermag, verleiht ihnen außerordentliche und geheime Kräfte in allem, was sie tun.

Der Sohn des Sonnengottes

Zuñi

Vor vielen, vielen Jahren lebte in Hawikuh ein wunderschönes Mädchen. Von Kindheit an hatte sie ihr Vater, der ein Medizinmann war, für heilige Handlungen bestimmt. So wuchs das Mädchen im Hause ihres Vaters auf, abgeschirmt von den Blicken der Männer.

Dennoch geschah es, daß einer sie zu sehen bekam, der Sonnengott, der am Haus entlang durch einen Riß in der Wand einen Strahl in das Kämmerchen des Mädchens sandte.

Viele schöne Dinge hatte der Sonnengott schon mit den zahllosen Strahlen seines Auges gesehen. Doch noch nie hatte er ein Mädchen erblickt, das sich an Schönheit mit der Tochter des Medizinmannes messen konnte.

Allmählich wuchs die Jungfer heran, und immer schöner wurde sie von Tag zu Tag. Der Sonnengott faßte eine so große Liebe zu ihr, daß er zur Erde hinabstieg und sich an einem seiner Strahlen in das Gemach des Mädchens fallen ließ. Sie war eben dabei, ein Körbchen zu flechten, als plötzlich ein schöner junger Mann vor ihr stand. Er sah sie liebevoll an. Von seiner Sanftmut angezogen, empfand die Schöne nicht die geringste Furcht vor dem Fremden. Auch sie entbrannte in Liebe zu ihm. Und er, der ihr Herz gewonnen hatte, nahm sie zur Frau. Oft besuchte er die Jungfer zur Mittagszeit, wenn die Sonne am höchsten steht, und blieb eine Weile bei ihr. Ansonsten war sie allein in ihrem Gemach und flocht tagein, tagaus die schönsten Körbchen.

Und so geschah es, daß niemand von der Familie ihren geheimen Bund mit dem Sonnengott bemerkte.

Da sie wußte, daß sie für heilige Handlungen bestimmt war, quälte sie der Gedanke, daß sie bald Mutter werden würde. Um die Schande vor ihrem Vater zu verbergen, faßte sie den Entschluß, sobald das Kind auf die Welt käme, es auszusetzen.

Eines Nachts war es soweit. Sie gebar einen Jungen. Sorgfältig wickelte sie den Säugling in ein warmes, weiches Tuch und schlich aus dem Haus. Sie ging hinunter ins Tal und legte ihr Kind auf ein vom Wind geschütztes Plätzchen in der Nähe des Flusses, der bei Hawikuh vorbeifloß. Schweren Herzens überließ sie das Kind seinem Schicksal und kehrte weinend in ihr Kämmerchen zurück.

Bei Tagesanbruch, als die Gipfel der Berge allmählich aus der Dunkelheit emportauchten, kam eine Hirschkuh mit ihren Jungen den Berg herab, um im Fluß zu trinken. Da hörten sie das Weinen eines Säuglings. Die Hirschkuh stöberte im Gestrüpp umher, bis sie den Ort fand, wo das Kind lag.

Dieses war wach geworden und schrie vor Hunger und Kälte.

Ist es nicht wunderbar! rief die Hirschkuh ihren Jungen zu. Ich habe ein Kind gefunden, und obwohl es ein menschliches Wesen ist, soll es doch mein sein. Ich liebe meine Kinder, und ich werde auch dieses Kind gern haben.

Sie trat nahe an den Säugling heran, liebkoste ihn und wärmte ihn mit ihrem Atem. Nachdem das Kind sich beruhigt hatte, wickelte sie es in sein warmes Tuch und hob es vorsichtig mit ihrem breiten Gehörn empor. Dann verließ sie mit ihren Jungen das Tal.

Groß war das Erstaunen der Hirschkuh, als sie am nächsten Tag bemerkte, wie sehr das Kind gewachsen war. Es wuchs und wuchs von Stunde zu Stunde, und noch ehe die Sonne unterging, konnte es bereits krabbeln. Da dachte sie, es sei sicher ihre Milch, die den Säugling so schnell gedeihen ließ. Vier Tage darauf lief das Kind bereits herum und spielte mit seinen Hirschgeschwistern. Und weitere vier Tage später war es zu einem kräftigen Knaben herangereift. Nur eines konnte er nicht begreifen, warum sein nackter Körper nicht wie der seiner Geschwister mit warmem, weichem Fell bedeckt war. Beim Spielen und Herumtollen mit den Hirschjungen erlernte der Junge mühelos deren Sprache und Gewohnheiten. Als er alles, was ein Hirsch wissen mußte, beherrschte, führte ihn die Hirschkuh in die Wildnis und machte ihn mit einem großen Hirschrudel bekannt, zu dem sie und ihre Jungen gehörten. Die Hirsche nahmen den Jüngling freundlich in ihre Gemeinschaft auf, und nachdem er eine Weile unter ihnen gelebt hatte, schenkten sie ihm so viel Liebe und Vertrauen, daß sie ihn zu ihrem Häuptling machten.

Wo immer Hirsche und Antilopen sich auf den Weideflächen aufhielten, war der Jüngling dabei. Seine Fußsohlen waren so hart wie die Hufe der Hirsche geworden, seine Haut war von der Sonne dunkel gebräunt, sein Haar lang und leicht gewellt.

Eines Morgens im Spätsommer ging der Bruder des Medizinmannes auf die Jagd. Er wanderte am Ufer des Flüßchens Poshan südwärts und kam so zu dem Ort, wo sich die

Hirschkuh mit ihren Jungen aufhielt. Als er das Hochland erreicht hatte, erspähte er in der Ferne ein großes Rudel Hirsche, eng beieinander im Kreise geschart, als ob sie sich zu einer Ratssitzung versammelt hätten. Der Jäger warf sich zu Boden und näherte sich, durchs Unterholz kriechend, der Runde. Zu seiner großen Verwunderung erblickte er inmitten des Rudels einen breitschultrigen, hochgewachsenen jungen Mann, der zu den Hirschen sprach, die ihm aufmerksam zuhörten. Der Anblick war so ungewöhnlich, daß er seinen Augen nicht traute. Er kroch näher und näher heran. Da entdeckte ihn der scharfe Blick des jungen Mannes. Er stieß einen lauten Warnschrei aus, sprang auf und rannte davon. Ihm folgte mit fliegenden Hufen das ganze Rudel.

Der Jäger überlegte eine Weile, ob er hinterdrein sollte. Dann aber entschloß er sich, auf dem schnellsten Weg nach Hawikuh zurückzukehren. Dort erzählte er sogleich seinem Bruder, was er auf der Jagd gesehen hatte. Der Medizinmann ließ alle Jäger und Krieger seines Stammes eilends zu sich kommen. Die Versammelten hörten sich die Geschichte von dem jungen Mann und den Hirschen aufmerksam an, aber keiner von ihnen wollte sie so recht glauben. Manche meinten, der Bruder des Häuptlings sei einem bösen Geist begegnet und es könne nichts Gutes für ihn selbst und seine Familie bedeuten. Als es dem Bruder endlich gelungen war, die Anwesenden doch von der Wahrhaftigkeit seiner Worte zu überzeugen, beschlossen die Stammesangehörigen, in vier Tagen eine große Jagd zu veranstalten und das Hirschrudel von allen Seiten her einzukreisen, damit ihnen der wundersame Jüngling nicht entfliehen könne.

Nachdem die aufgescheuchten Tiere lange genug gerannt waren, blieben sie stehen und redeten auf ihren Häuptling ein, daß keinerlei Gefahr mehr bestünde. Der Jüngling verharrte lange Zeit gebeugten Hauptes und nachdenklich inmitten der rastenden Hirsche. Dann aber reckte er sich empor und sagte: Obwohl ich als Mensch geboren wurde, haben die Menschen mich aus ihrer Mitte verstoßen. Ihr aber, meine Brüder, habt mich in eure Gemeinschaft aufgenommen und mir eure aufrichtige Zuneigung geschenkt. Ich habe euch ins Herz geschlossen und werde euch treu bleiben und nie verlassen.

Da sagte die Hirschmutter mit sanfter Stimme: Beruhige dich, mein Kind! Hör mich an! Du bist kein Hirsch, du bist ein Menschenkind. Obwohl du dich jetzt noch von Gräsern und Wurzeln ernährst, wirst du bald keine Nahrung mehr finden, um den Winter zu überleben. Und wenn die Kälte einbricht, gibt es auch keine Nüsse und Beeren mehr.

Die älteren Hirsche des Rudels, die sich um ihn herum versammelt hatten, meinten: Bald werden uns die Jäger verfolgen. Wenn wir erst von ihnen entdeckt worden sind, so sagt unsere Erfahrung, beginnt schon vier Tage später die Jagd auf uns. Versuch nicht, den Menschen zu entkommen. Wir sind gewohnt, unser Leben für die tapferen Jäger zu opfern, denn es sind viele unter ihnen edel und von reinem Herzen. Sie bringen uns Opfer dar und verehren uns nach altem Brauch, damit unser Leben in anderer Weise bewahrt bleibe und ewig fortdauere.

Ein prächtiger Hirsch trat aus der Mitte des Rudels hervor. Er näherte sich dem jungen Mann, und dessen Wange mit der eigenen liebkosend, sagte er: Und wenn wir dich noch so lieben, müssen wir uns doch von dir trennen. Damit du lernst, zu sein wie die Menschen, unter denen du leben wirst. Begleite mich jetzt ins Land der Seelen, wo sich der Rat der Götter des Heiligen Tanzes befindet.

Gehorsam begab sich der Jüngling mit dem Hirsch auf den Weg zum See der Toten. Erst als die Nacht hereinbrach, erreichten sie das Ufer. Hell strahlten Lichter inmitten der dunklen Fluten über den Gärten des Heiligen Tanzes.

Da sagte der Hirsch zu dem Jüngling: Sei tapfer und folge mir, mein Bruder!

Sie stiegen vom Ufer in den See hinein, der ihnen von innen her mit immer hellerem Licht entgegenstahlte. Leitern aus Binsen und Schwertlilien tauchten vor ihnen aus dem Grund empor. Mühelos glitten Hirsch und Jüngling in die Tiefe, wo sie hell erleuchtete Hallen fanden. Überall brannten Fackeln und offene Feuerstellen. In dem größten Raum saß schweigend der Rat der Götter beisammen – der Sonnenpriester des Heiligen Tanzes, der Feuergott mit der ewigen Flamme in der Hand und viele andere. Als die Gäste aus der Oberwelt vor die Götter traten, wurden sie freundlich begrüßt und angewiesen, an dem großen, in der Mitte des Raumes lodernden Feuer Platz zu nehmen. Aus den Toren des Westens, Nordens, des Ostens und Südens betraten in langen Reihen Heilige Tänzer die Halle. Sie trugen schneeweiße, wunderschön bestickte und mit seltenen Muscheln und Türkisen geschmückte Baumwollgewänder. Kunstvoll führten sie Heilige Tänze auf, um die Götter und deren Gäste, den Jüngling und den Hirsch, zu erfreuen.

Als die Tänzer sich zurückgezogen hatten, erhob sich der Sonnenpriester des Heiligen Tanzes: Was führt euch hierher? fragte er seine Gäste, obgleich er genau wußte, weshalb sie gekommen waren. Was wünschst du, Hirsch der bewaldeten Berge? Und was wünscht dein Menschenbruder? Denn ohne einen dringenden Grund würde es keiner wagen, die Hallen des Heiligen Tanzes zu betreten. Hierauf hob der Hirsch sein Haupt und nannte den Grund ihres Kommens.

Wir haben euern Wunsch vernommen, sagten die Götter. Er sei euch gewährt!

Zeige deine Zauberkraft! rief sodann der Sonnenpriester des Heiligen Tanzes dem Feuergott zu. Und der Feuergott kam und schwang seine Flamme züngelnd um den Jüngling herum, bis der Glaube in ihm einkehrte, daß er ein menschliches Wesen sei und als solches Nahrung genießen müsse, die auf dem Feuer zubereitet wird.

Dann versammelten sich die anderen Götter um den Jüngling und hauchten ihn mit ihrem Atem an, feuchteten seine Lippen mit den ihrigen und tropften heiliges Öl in sein Ohr. So wurde ihm die Gabe der menschlichen Stimme verliehen. Auf ein Zeichen der Götter wurden buntbestickte Gewänder aus feinstem Baumwollstoff sowie Halsketten aus seltenen Muscheln, Türkisen und Korallen herbeigebracht. Man legte alle diese prächtigen Dinge auf ein Tuch zu Füßen des Jünglings und band sie in ein Bündel zusammen. Dann sprachen die Götter: O Jüngling, der du der Sohn des Sonnengottes, unser aller Vater bist, kehr nun zu dem Ort zurück, wo du dich mit deinen Hirschbrüdern zuletzt aufhieltest. Und sich an den Hirsch wendend, sagten sie: Wenn die Jäger kommen, werdet ihr euch für eure Menschenbrüder opfern müssen.

Ich werde meine Brüder und Schwestern auf ihrem Schicksalsweg anführen, sagte der Hirsch. Seid dessen gewiß.

Bald werdet ihr in unsere Mitte aufgenommen werden, sprach der Sonnenpriester zum Hirsch. Dann wird euch ewiges Leben beschieden sein. Mit den Winden und dem Nebel werdet ihr fröhliche Spiele treiben und eins sein mit ihnen. Geh nun! Nimm das Bündel und bereite deinen Menschenbruder auf sein Leben unter den Menschen vor. Und zu dem jungen Mann sagte er: Sei furchtlos! Du wirst in künftigen Tagen ein geschätzter Mann unter deinem Volk sein. Dein Onkel wird dich und deine Hirschmutter verfolgen. Flieht vor ihm. Und wenn ihr weit genug gekommen seid, bleibt stehen und wartet. Wo immer dein Onkel dich dann hinführen wird, folge ihm. In Frieden wirst du mit ihm dein künftiges Heim erreichen.

Als der Hirsch und der Jüngling mit den Gaben der Götter die Halle verließen, klang immer noch der Gesang der Heiligen Tänzer durch die Räume. Im Morgengrauen erreichten sie das Hirschrudel auf dem alten Platz im Hochland. Die Hirsche umkreisten den Jüngling und belehrten ihn, wie er das Heilige Bündel zu öffnen habe. Dann hauchten sie ihn mit ihrem Atem an, bis er, in eine Wolke von Dampf gehüllt, heilige Reinheit erlangt hatte. Seine Haut war weich und geschmeidig geworden, sein Haar hing ihm glatt den Nacken herab. Der Jüngling zog sich die Kleider über und legte den Schmuck an, nach der Art, wie er es bei den Göttern gesehen hatte. Auch eine bunte Arasfeder, die ihm die Götter geschenkt hatten, steckte er sich am Hinterkopf ins Haar. Mit einer Binde aus kegelförmigen Muscheln umwand er sich das rechte Knie.

Da erklang die Stimme eines Hirschhäuptlings: Wer von euch ist bereit, sich zu opfern. Und als ob sie sich zu einem festlichen Ereignis melden würden, traten einige Hirsche entschlossen hervor. Bald gesellten sich andere hinzu.

Kurz darauf wurden diese Hirsche von den Jägern umkreist, und ihre fliegenden Pfeile trafen einen nach dem anderen mitten ins Herz. Zu Tode getroffen, sanken sie zu Boden.

Nur wenige Hirsche waren am Leben geblieben, darunter auch die Hirschmutter mit ihren beiden Jungen. Rasch stellte sich der Jüngling vor sie und rannte mit ihnen schnell wie der Wind in den Wald. Ihnen folgte der Rest des Rudels. Die schnellsten Läufer aus dem Stamm Hawikuh stürzten hinter den Hirschen her. Aber alle außer dem Onkel des Jünglings und seinen kühnen Söhnen blieben nach und nach weit hinter den Fliehenden zurück. Der Hirschbruder des Jünglings wurde von einem Pfeil getroffen und brach leblos zusammen. Wütend über den Tod seines Bruders, blickte der Jüngling zornig auf die Verfolger zurück. Sogleich aber erinnerte er sich der Worte der Götter und wandte sich erneut zur Flucht. Bald darauf töteten die Jäger auch seine Hirschschwester. Nur die Hirschmutter blieb am Leben. Sie lief, so schnell sie konnte, hinter ihrem Zögling her. Alsbald aber überholte der Onkel des Jünglings mit seinen Söhnen sie. Doch die Jäger fingen die Hirschmutter lebend und ließen sie wieder frei, denn ihre mütterliche Liebe rührte ihr Herz. Treu bis in den Tod ist sie dem Jüngling, sagten die Jäger zueinander. Dann setzten sie die Verfolgung fort, bis der Jüngling schließlich, Erschöpfung vortäuschend, wie ein gestelltes Wild vor ihnen stehenblieb. Sich den Verfolgern zuwendend, rief er: O mein Onkel! Was willst du von mir? Du hast meine Brüder und Schwestern getötet. Was hast du mit mir vor?

Warum nennst du mich Onkel? fragte ihn der alte Mann, indem er voller Erstaunen und Bewunderung den kräftigen Jüngling und sein prächtiges Gewand betrachtete.

Weil du mein Onkel bist, erwiderte der Jüngling. Und deine Nichte ist meine Mutter, die mich aussetzte, nachdem sie mich geboren hatte. Meine edle Hirschmutter aber fand mich und säugte mich und zog mich auf in Liebe.

Verwundert über die Worte, starrten der Onkel und seine Söhne den Jüngling an. Nun erst fiel ihnen auf, daß der schöne Jüngling seiner Mutter, der Tochter des Medizinmannes, sehr ähnlich sah. Er hatte ihre Augen, und auch in den Zügen seines Gesichts glich er seiner Mutter. Es muß wohl so sein, wie du sagst, riefen sie.

Sanft nahmen sie ihn bei der Hand und kehrten zurück nach Hawikuh. Einer der Söhne aber lief voraus, um zu erkunden, ob die Worte des Jünglings stimmten. Er rannte zum Hause des Medizinmannes und erzählte ihm, was er auf der Jagd erfahren hatte.

Zornentbrannt rief der Medizinmann seine Tochter zu sich. Er sagte ihr, was er soeben gehört hatte, und schrie sie an: Hast du das getan?

Nein, entgegnete das Mädchen. Nichts dergleichen habe ich getan!

Aber wie kannst du sonst Mutter sein? Und wer ist der Vater?

Darauf senkte das Mädchen den Kopf und sagte mit tränenerstickter Stimme: Es ist wahr. Doch ich fürchtete deinen Zorn, mein Vater. Ich fürchtete die Schande. Was hätte ich tun sollen? Und nun erzählte sie ihrem Vater, wie der Sonnengott zu ihr gekommen war und sie mit seiner sanften Liebe entzückt hatte. Bringt mir mein Kind zurück! rief sie, von Schmerz übermannt. Und auch ihn möchte ich wiedersehen, den Sonnengott, den Vater aller Wesen.

Mittlerweile waren die Jäger ins Dorf zurückgekehrt. Manche trugen die Jagdbeute, andere hatten den wundersamen Jüngling in ihre Mitte genommen und führten ihn zu seines Großvaters Haus.

Dem Jüngling schien alles, was er hier sah, seit langem bekannt zu sein. Als ob er ihn schon früher gegangen wäre, fand er den Weg zur Kammer seiner Mutter. Kaum hatte sie ihren Sohn erblickt, lief sie auf ihn zu, schloß ihn in ihre Arme und netzte das Antlitz des Jünglings mit ihren Tränen. Ach, Mutter, weine nicht! beruhigte er sie. Ich bin doch zu dir zurückgekommen, und ich werde dir ein guter Sohn sein.

So lebte der Jüngling fortan bei seiner Mutter und seinem Stamm.

Unter allen Menschen war er der einzige, der die Sprache der Hirsche und ihre Gewohnheiten genau kannte. Er wußte, welche Riten notwendig waren, damit die Hirsche opferwillig den Tod von der Hand der Jäger auf sich nahmen. Und so fiel es dem Jüngling leicht, seinen Stamm reichlich mit Nahrung zu versorgen. Alle Leute vom Stamm Hawikuh waren alsbald wohlgenährt und trugen Kleider aus Hirschhaut.

Nicht lange nach der Rückkehr zu seinem Stamm gewann der Jüngling die Liebe eines wunderschönen Mädchens, das er heiratete und mit dem er fortan in Glück und Zufriedenheit lebte.

Es war kein Wunder, daß die Leute vom Stamm Hawikuh mit Hilfe des Jünglings allmählich reich wurden und ringsum Einfluß gewannen. Das aber war auch der Grund, warum die Zauberer des Stammes auf den Jüngling neidisch wurden. Mit allen Mitteln versuchten sie, ihm zu schaden. Doch keines ihrer Zaubermittel vermochte die Erfolge des Jünglings herabzusetzen. Daraufhin versammelten sich eines Nachts alle Zauberer des Stammes auf Geheiß ihres Meisters. In seiner Höhle, tief in den Bergen, saßen sie bei einem großen Feuer beisammen und berieten, wie sie den Jüngling vernichten könnten.

Einer aus der Schar der Zauberer erhob sich und sagte: Wir sollten ihn überraschen, wenn er auf der Jagd die heiligen Riten vollzieht. Merkt wohl, der Kojote pflegt hinter den Jägern herzulaufen. Die Zauberer verstanden sehr gut, was er damit meinte, und einer von ihnen erbot sich, noch in derselben Nacht sich als Kojote zu verkleiden und die Beschwörungsformeln für seine Tat zu üben. Als sich der Jüngling am nächsten Tag auf die Jagd begab, schlich ein alter Kojote hinter ihm her. Jedesmal, wenn der Jüngling einen Hirsch erlegte, blieb der Kojote in weitem Abstand unter einem Baum sitzen, als warte er auf seinen Anteil an der Beute. Der Jüngling dachte, daß der Kojote wohl das Blut des Hirsches auflecken wollte, darum hocke er dort. Und unbekümmert fuhr er fort mit seinen Gebeten und Opferhandlungen für die getöteten Hirsche. Plötzlich erhob sich der Kojote, rannte auf den Jüngling zu, warf sich auf ihn und blies ihm einen bösen Hauch ins Gesicht. Und im Nu hatte der Kojote sein Fell abgeworfen und stand als Mann vor dem entsetzten Jüngling. Der war in seinem Herzen zwar ein Mensch geblieben, hatte sich aber durch den Zauber augenblicklich in einen Kojoten verwandelt, und zu Tode erschrocken, ergriff er die Flucht.

Unglücklich wanderte er südwärts. Von Hunger geplagt, nährte er sich von Gräsern und Beeren, die ihm schlecht bekamen und ihn krank machten. Mit Mühe schleppte er sich durch die Wälder, kaum noch fähig, sich auf den Beinen zu halten. Eines Abends, als er sich eben ein warmes Plätzchen für die Nacht suchte, bemerkte er auf einem Hügel ein Licht glimmen. Mit letzter Kraft schleppte er sich auf das Licht zu. Als er nahe genug war, sah er, daß der Lichtschein aus dem Deckenloch eines Baus unter der Erde kam. Er kroch an das Abzugsloch heran und blickte durch die Öffnung hinunter. Dort unten sah er einen alten Dachs mit seinem Weib beim Feuer sitzen, nur glich der Dachs einem kleinen Mann, und sein Dachsfell hing an einem Haken neben ihm.

Ich werde hinabsteigen und sie um Hilfe bitten, sagte sich der Jüngling. Doch als er auf der Leiter hinunterklettern wollte, versagten seine Kräfte, und er plumpste zu Boden.

Der Dachs und sein Weib ekelten sich vor dem schmutzigen Kojoten. Sie packten ihn, zogen ihn die Leiter hinauf und warfen ihn durch das Abzugsloch hinaus. Vor Schwäche verlor der Kojote das Bewußtsein. Als er wieder zu sich gekommen war, unternahm er einen neuen Versuch, in den

Dachsbau zu gelangen, und wieder wurde er hinausgeworfen. Es ist schon merkwürdig, sagte der alte Dachs zu seinem Weib, daß dieser armselige, verhungerte Kojote noch einmal gekommen ist. Darauf meinte das Dachsweib: Ich habe gehört, daß der starke, schöne Jüngling vom Stamm Hawikuh in einen Kojoten verwandelt worden sei. Vielleicht ist er es. Es dauerte nicht lange, da stolperte der Kojote zum dritten Mal die Leiter hinunter. Seine Kräfte hatten ihn vollends verlassen, und er fiel bewußtlos zu Boden. Als er die Augen öffnete, fragte ihn der Dachs, ob er in einen Kojoten verwandelt worden sei. Der Jüngling nickte traurig.

Sogleich suchte der Dachs nach einem Brechmittel, das er auf dem Feuer aufkochte. Die Flüssigkeit goß er dem Kojoten ins Maul. Vorsichtig schob das Dachspaar den Kojoten nahe zum Feuer hin, damit er sich aufwärme. Der Dachs suchte in seinem Bau nach einem heiligen Kristall, und als er einen solchen gefunden hatte, erhitzte er ihn in den Flammen. Mit dem heißen Kristall sengte er Kojotes Gesicht und Pfoten. Dabei wiederholte er ein ums andere Mal eine geheime Beschwörungsformel. Plötzlich sprang Kojotes Fell auseinander und glitt zu Boden. Vor dem Dachspaar stand ein Jüngling, bleich und abgemagert, wie einer, der lange gehungert und viel erduldet hat.

Das Dachspaar tat alles, damit der Jüngling zu Kräften kam, und nachdem er sich wieder erholt hatte, sandten sie ihn nach Hause zu seinem Volk, damit er es glücklich mache und ihm ein reiches Leben beschere.

Wie die Menschen das Fröhlichsein lernten

Flathead

Schon seit langem war der Sonnengott betrübt über die Verschlossenheit seiner Kinder. Stumm und schwermütig lebten sie dahin, als könnten all die lebenslustigen und kraftvollen Laute rings um sie ihre Herzen nicht erreichen. In seinem Kummer rief der Sonnengott Kojote zu sich und fragte ihn, warum die Menschen so freudlos dahinleben.

Du hast recht, Vater Sonne, sagte Kojote. Die Menschen sind wie mit Taubheit geschlagen, sie empfinden keine Freude, so als hörten sie den lieblichen Gesang der zahllosen Vögel nicht, als donnerte nicht der Hufschlag der Büffelherden in ihren Ohren, als vernähmen sie nicht das fröhliche Gequake der Frösche und das mächtige Rauschen der Flüsse. So können sie auch nicht in Worten ausdrücken, was ihre Herzen nicht zu empfinden imstande sind. Du hast ihnen alles gegeben, all die Schätze der Erde, aber was du vergessen hast, war, ihren Herzen das Fröhlichsein zu verleihen.

Das stimmt, Kojote, sagte der Sonnengott. Wie soll ich aber das Versäumte nachholen? Hilf mir, die Menschen fröhlich zu machen.

Sei unbesorgt, Vater Sonne! Es wird nicht leicht sein, deinen Wunsch zu erfüllen, doch ich werde mir etwas einfallen lassen, deinen Kindern zu helfen, erwiderte Kojote.

Als Kojote in Gedanken versunken dahinging, traf er seinen Freund Biber. Besorgt erzählte er ihm, welche schwierige Aufgabe er zu erfüllen habe.

Ich denke, ich weiß einen Weg, der uns zum Ziel führen

könnte. Gehen wir dort in das Zeltlager und stehlen einem jungen Jäger alle seine Elch- und Büffelhäute. Das wird ihn in Wut bringen, und sogleich wird er auf die Jagd gehen, um neue Häute zu bekommen. Nur ist jetzt nicht die Jahreszeit, um Büffel zu jagen. So wird er sich an die Elche halten müssen. Ist das nicht ein guter Einfall von mir?

Der junge Jäger war außer sich, als er heimkam und bemerkte, daß alle seine Felle und Häute spurlos verschwunden waren. Er wandte sich an den Eichelhäher, der auf einem Baum unweit seines Tipis saß, und fragte ihn, wer sie gestohlen haben könnte.

Zwei weise alte Männer haben sie fortgenommen, rief der Eichelhäher. Du sollst dir ein Weib nehmen, am besten du suchst dir ein recht faules Mädchen aus, das den ganzen Tag auf deinen Fellen schläft. Da wird keiner sich mehr trauen, dir die Felle wegzunehmen.

Der junge Jäger wollte seinen Verlust möglichst bald ersetzen. Zusammen mit anderen Männern des Stammes begab er sich auf die Jagd und erlegte dabei einen gewaltigen Elch. Als er im Lager in der Nähe eines offenen Feuers das Fell des Elches abzog, sprang eine Flamme hervor und versengte im Nu alle Haare des Pelzes. Wütend stülpte der Jäger die nackte Haut über einen hohlen Baumstumpf. Und in seinem Zorn verließ er das Lager und streifte mehrere Tage in den Wäldern umher. Als er ins Lager zurückkehrte, bemerkte er, daß die Elchhaut, die er über den Baumstumpf geworfen hatte, inzwischen von der Sonne getrocknet war. Er wollte sie wegziehen, aber sie klebte so fest an dem Stumpf, daß alle Anstrengungen nichts halfen, er konnte sie nicht losreißen. Da ergriff er, schäumend vor Wut, eine Keule und schlug wie ein Besessener auf die Haut los. Zuerst hörte er den Ruf eines Donnervogels und dann, als er immer heftiger

zuschlug, das Getrampel einer Büffelherde. Eine Riesenherde mußte das sein, so mächtig und laut stampften die Hufe! Nicht nur der junge Jäger, auch die anderen im Lager vernahmen die Tiergeräusche. Als sie aber aus ihren Tipis traten, konnten sie weder einen Donnervogel noch eine Büffelherde sehen. Sie fragten den jungen Jäger verblüfft, woher die Laute kämen.

Dieser zeigte auf den hohlen Baumstamm, den hohlen Raum unter der Elchhaut. Hört doch nur! rief er, nun nicht mehr ergrimmt, sondern belustigt, ja übermütig, und schlug mit unverminderter Kraft auf die Haut ein.

Kaum hatten die Menschen diese absonderlichen Laute aus dem Baumstumpf vernommen, fiel die Schwere von ihren Herzen, und von einer wilden Freude gepackt, begannen sie um den Stumpf herum zu tanzen. Wie von selbst formten sich Worte in ihrem Munde und wurden zu heiteren Gesängen.

Als der Sonnengott die fröhlichen Lieder seiner Kinder hörte, fühlte er sich sehr glücklich. Nun waren auch die Menschen so froh und frei geworden wie die Vögel und Tiere.

Die Heilige Büffelfrau

Brule Sioux

Vor undenklich langen Zeiten versammelten sich an einem Sommertag sieben Stämme zu einer Ratssitzung. Unter den Versammelten waren auch die Itazipochos, die Bogenlosen, mit ihrem Häuptling, genannt Stehendes Horn. Aber ein fröhliches Beisammensein war es nicht, denn es herrschte eine fürchterliche Dürre im Land. Alle, die auf die Jagd gegangen waren, kehrten ohne Beute zurück. Da rief der Häuptling zwei seiner besten Jäger zu sich und beauftragte sie, die ganze Gegend nach Wild abzusuchen. Lange Zeit waren sie unterwegs, ohne ein einziges Tier gesichtet zu haben. Sie hielten Rat und beschlossen, auf einen Berg zu steigen, um von der Höhe her das Jagdgebiet besser überschauen zu können.

Nach einer Weile erblickten sie in der Ferne eine Gestalt, die, durch die Lüfte schwebend, sich auf sie zubewegte. Als sie näher kam, sahen sie zu ihrer Verwunderung, daß es eine Frau von außerordentlicher Schönheit war. Sie trug ein Gewand aus feinstem Wildleder, das über und über mit heiligen Ornamenten und Zeichen in hellstrahlenden Farben bemalt war. Ihr Haar trug sie offen, nur eine Strähne war mit einem Band aus Büffelfell zusammengehalten. Aus ihren schönen dunklen Augen sprühte eine mächtige Kraft.

Verwirrt betrachteten die beiden jungen Jäger die bezaubernde Erscheinung. Den einen packte ein Gefühl tiefer Ehrfurcht, der andere hingegen maß sie mit begehrlichen Blicken. Kaum aber hatte er die Arme nach ihr ausgestreckt,

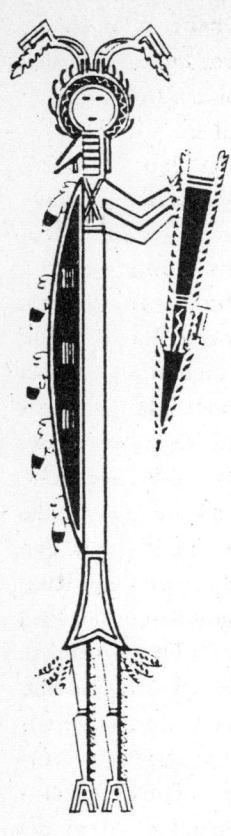

da traf ihn ein Blitzschlag und verbrannte seinen Leib, daß nur ein Häufchen Asche von ihm übrigblieb. In der Hitze seiner Begierde hatte er nicht darauf geachtet, daß er eine Heilige Frau vor sich hatte, der höchste Achtung und Ehrfurcht gebührte. Zu dem anderen Jüngling sprach die Heilige Frau: Geh und sag eurem Häuptling, daß er ein Heiliges Zelt mit vierundzwanzig Stangen aufstellen lassen soll. Ich werde zu euch kommen und eine Nachricht vom Büffelvolk bringen.

Eilig rannte der junge Jäger zum Zeltlager zurück und übermittelte dem Häuptling die ungewöhnliche Botschaft. Sogleich hieß dieser den Ausrufer, überall im Lager die Ankunft des erhabenen Besuchs kundzutun, um einen ehrenvollen Empfang vorzubereiten.

Nach vier Tagen erschien die Heilige Frau im Zeltdorf.

Der Häuptling begrüßte sie ehrerbietig und führte sie zum Heiligen Zelt. Sie betrat es und schritt im Sinne der Sonnenbahn mehrmals im Kreise herum. Dann gebot sie, in der Mitte des Zeltes einen Altar aus roter Erde zu errichten, der mit einem Büffelschädel und einem Ständer für ein heiliges Ding, das sie mitgebracht hatte, versehen werden sollte. Und abermals schritt sie im Kreis das Zelt ab. Schließlich blieb sie vor dem Häuptling stehen und nahm aus ihrem Bündel jenes

heilige Ding, von dem sie gesprochen hatte: nämlich die Heilige Pfeife. Den Stiel hielt sie in ihrer linken und den Pfeifenkopf in der rechten Hand. Und bis auf den heutigen Tag wird die Pfeife in dieser Weise gehalten.

Wir sind überglücklich, dich bei uns begrüßen zu dürfen, sprach der Häuptling, doch bitten wir dich, zu verzeihen, daß wir dir nichts als Wasser anbieten können. Seit langem ist das Wild ausgeblieben, und wir haben unsere letzten Fleischvorräte aufgezehrt. Sodann tauchte er ein Büschel süßes Gras in einen ledernen Beutel, der mit Wasser gefüllt war, und überreichte der Heiligen Frau die ärmliche Gabe. Bis heute hat sich der Brauch erhalten, einen Menschen zur Reinigung mit Wasser zu besprengen mittels süßen Grases oder einer Adlerfeder, die man vorher durchs Wasser zieht.

Die Heilige Weiße Büffelfrau zeigte den Menschen, wie die Pfeife gebraucht werden sollte. Sie füllte sie mit Tabak und schritt viermal mit ihr um das Zelt herum, was einen Kreis ohne Ende bedeutet, nämlich den Heiligen Kreis, den Pfad des Lebens. Mit einem brennenden Stück Büffelmist zündete sie die Pfeife an, und es leuchtete die Ewige Flamme auf, jene Flamme, die von Generation zu Generation weitergegeben werden sollte. Die Heilige Büffelfrau sagte den Menschen auch, daß der Rauch, der aus dem Pfeifenkopf emporstieg, ein großes Mysterium, der lebendige Atem des mächtigen Großvaters, sei.

Sie lehrte die Menschen zauberkräftige Gebete, wie deren Worte richtig zu setzen und dazu die richtigen Gebärden zu vollführen seien. Sie erklärte ihnen, welches Lied beim Füllen der Pfeife mit Tabak zu singen sei. Und schließlich zeigte sie ihnen, wie die Pfeife zu Großvater Himmel emporgehoben, zu Großmutter Erde herabgesenkt und gegen die vier Himmelsrichtungen gewendet werden müsse.

Mit dieser Pfeife, sagte die Heilige Frau, werdet ihr einhergehen wie ein lebendiges Gebet. Mit den Füßen auf der Erde und den Pfeifelstiel zum Himmel gerichtet, bildet ihr eine lebendige Brücke zwischen den Heiligkeiten in den Höhen und den Tiefen des Alls. Wakan Tanka, der Große Geist, lächelt auf uns herab, da wir nun zusammengehören – Erde und Himmel, all die zahllosen Lebewesen, die Menschen, die zweibeinigen Tiere und die vierbeinigen, die Vögel, die Bäume, die Gräser –, alle, alle sind miteinander verwandt, alle sind eine Familie! Seht euch den Pfeifenkopf aus rotem Stein an! fuhr sie dann fort. Er verkörpert den Büffel, aber auch Fleisch und Blut des roten Mannes. Der Büffel stellt das Universum dar, und seine vier Beine verkörpern die Vier Zeitalter der Schöpfung und die vier Himmelsrichtungen. Als Wakan Tanka die Welt erschuf, beheimatete er den Büffel im Westen, damit er die Flut aufhalte. In jedem Jahr verliert der Büffel ein Haar, in jedem der Vier Zeitalter ein Bein. Der Heilige Kreis wird enden, wenn der Büffel alle seine Haare und Beine verloren hat. Dann wird die Erde erneut überflutet werden. Der hölzerne Stiel der Pfeife zeigt all das an, was auf der Erde wächst. Dort, wo der Stiel mit dem Kopf der Pfeife verbunden ist, hängen zwölf Federn des gefleckten Adlers, des heiligsten und des weisesten aller Vögel, der des Großen Geistes Kundschafter ist. Ihr seid mit allen Dingen des Universums verbunden, denn sie rufen nach dem Erhabenen und sehnen sich nach ihm.

Seht diesen Pfeifenkopf! Darauf sind eingeritzt sieben Kreise verschiedener Größe. Sie stellen die sieben Heiligen Zeremonien dar, die ihr mit dieser Pfeife ausführen werdet, und sie stehen auch für die sieben Heiligen Lagerfeuer unseres Volkes.

Darauf wandte sich die Heilige Weiße Büffelfrau an die Frauen ringsum und sprach zu ihnen: Mit der Arbeit eurer Hände und der Frucht eures Leibes erhaltet ihr die Menschheit am Leben. Ihr entstammt der Mutter Erde, ihr Mütterlichen. Was ihr für das Leben tut, ist ebenso groß und gewichtig wie das Werk der Jäger und Krieger. Und darum ist die Heilige Pfeife eine Kraft, die Männer und Frauen vereint im Bündnis der Liebe. Die Männer schnitzen den Pfeifenkopf und den Pfeifenstiel, die Frauen verzieren sie mit heiligen Ornamenten. Und wenn Mann und Frau sich in der Ehe zusammentun, so halten sie gemeinsam die Pfeife in Händen und verbinden sich für das Leben durch einen Streifen roten Tuchs.

Die Heilige Büffelfrau in ihrer mütterlichen Fürsorglichkeit brachte ihren Schwestern auf Erden noch so manches Geschenk. Aus ihrem Bündel entnahm sie Mais, mit Beerensaft durchtränktes Fleisch, Rüben und andere guten Dinge. Und sie lehrte die Frauen, wie man mit erhitzten Steinen, die man in ein Wasserbecken gibt, Fleisch und Mais gar kochen kann.

Auch zu den Kindern sprach die Heilige Weiße Büffelfrau, denn sie verstehen so manches, was man ihren Jahren oft

nicht zutraut. Ihr seid das kommende Geschlecht, und darum auch seid ihr von großer Wichtigkeit, von unschätzbarem Wert, sagte sie zu den Kindern. Eines Tages werdet ihr diese Heilige Pfeife in Händen halten und mit ihr eure Gebete zum Himmel und zur Erde richten.

Zuletzt sprach sie zu Häuptling Stehendes Horn: Denke immer daran, diese Pfeife ist heilig. Wenn du sie zu ehren weißt, wird sie dich geleiten bis ans Ende deines Weges. Siehe, die Vier Zeitalter der Schöpfung sind in mir. In jedem der Vier Zeitalter werde ich wiederkehren.

Mit diesen Worten nahm die Heilige Weiße Büffelfrau Abschied von den Menschen und entfernte sich in der Richtung, aus der sie gekommen war. Auf ihrem Wege aber drehte sie sich viermal um sich selbst, und jedesmal verwandelte sie sich: zuerst in einen schwarzen Büffel, dann in einen braunen, einen roten und schließlich in ein weißes Büffelkalb. Denn das ist gewiß: weiße Büffel sind die heiligsten unter allen Lebewesen auf der Welt.

Kaum war die Gestalt der Heiligen Weißen Büffelfrau hinter dem Horizont verschwunden, zeigten sich überall große Herden von Büffeln, die sich willig töten ließen, um die Menschen am Leben zu erhalten. Von jenem Tag an gaben die Verwandten der Menschen, die Büffel, alles für sie her, was diese zum Leben brauchten: Fleisch, um sich zu nähren, Felle, um sich zu kleiden, Knochen, um alle möglichen Werkzeuge herzustellen, Sehnen, um zu nähen. Denn die Büffel verstanden die Not der Menschen und fühlten mit ihnen, wie es unter Verwandten üblich ist.

Akaiyan und der Biber-Häuptling

Algonkin-Arapaho

In Zeiten, die so lange zurückliegen, daß niemand mehr weiß, wie viele Generationen inzwischen dahingegangen sind, lebten zwei Brüder, deren Eltern schon lange tot waren. Der jüngere der beiden Waisen hieß Akaiyan und der ältere Nopastis. Akaiyan besaß kein eigenes Heim. Er lebte zusammen mit Nopastis. Dieser hatte sich mit einem bösen Weib vermählt, das den jüngeren Bruder bitter haßte. Tag für Tag drang sie in ihren Mann, sich seines Bruders zu entledigen. Sie wollte, daß dieser verschwinde, und dafür war ihr jedes Mittel recht.

Als Nopastis eines Tages nach Hause kam, fand er seine Frau schlimm zugerichtet. Ihr Gewand war an mehreren Stellen zerrissen, und sogar Blutflecken waren darauf. Siehst du, was er mir angetan hat, dein Bruder, fuhr seine Frau ihn an. Kaum warst du aus dem Haus, hat er sich auf mich gestürzt und mich geprügelt.

Nopastis schwieg dazu. Seinen Groll aber fraß er in sich hinein, und heimlich schmiedete er böse Pläne. Nun wollte auch er seinen Bruder loswerden, für immer!

Als der Sommer sich dem Ende zuneigte und die Enten und Gänse ihre Federn zu verlieren begannen, schlug Nopastis seinem jüngeren Bruder vor, mit ihm zu einer kleinen Insel auf den See hinauszufahren. Wir brauchen eine Menge Federn für unsere Pfeile, sagte er zu Akaiyan. Um diese Zeit können wir dort so viele finden, wie wir nur wollen.

Akaiyan willigte sofort ein, und zusammen gingen sie zum

See hinab und banden mit Bast und Streifen aus Büffelhaut ein paar Stämme zu einem Floß zusammen. Dann fuhren sie hinaus. Am flachen Ufer der kleinen Insel legten sie an und machten sich auf getrennten Wegen auf die Suche nach Federn für ihre Pfeile. Als Akaiyan mit einer großen Menge Federn zum Ufer zurückkam, war das Floß verschwunden. Hatte es der Wind hinausgetrieben? Sein Blick schweifte über den See. Dort war es ja – sein Bruder steuerte es dem anderen Ufer zu.

Laß mich nicht zurück! schrie Akaiyan, so laut er konnte. Du kannst mich doch nicht dem Hungertod aussetzen.

Nopastis brüllte wutentbrannt: Du hast mein Weib mißhandelt. Du verdienst es nicht besser. Bleib dort auf der Insel. Mit mir fährst du nicht zurück!

Sie lügt, schrie Akaiyan. Ich habe ihr nichts getan. Glaube mir, ich habe sie nicht angerührt.

Doch Nopastis rief mit beißendem Hohn zurück: Leb nur schön allein auf der Insel. Wenn der nächste Winter vorüber ist, komme ich und sammle deine Knochen zusammen.

Akaiyan warf sich in seiner Verzweiflung zu Boden und brach in Tränen aus. Nachdem er sich ein wenig beruhigt hatte, rief er die Geister der Tiere und des Wassers als Zeugen an, daß er schuldlos bestraft werde. Auch an die Sonne, den Mond und die Sterne richtete er ein inbrünstiges Gebet:

Blick herab auf mich, Vater Sonne! Blick herab!
Siehe, was immer ich Böses getan, ich tu es ab von mir.
Ich tu ab alles Übel.
O Mond! O Sterne! Blickt herab auf mich, den Verlassenen!
Habt Mitleid mit meinem Elend! Verleiht mir Kraft in der Not!

Nach diesem Gebet fühlte er seine Seele gestärkt. Er wanderte auf der kleinen Insel umher und überlegte, wie er sich am Leben halten könnte. Von den wenigen Bäumen, die hier standen, konnte er immerhin genügend große und kleine Zweige brechen, um sich ein Hüttchen gegen den Wind und die Kälte zu bauen. Und ehe die Enten und Gänse ihren Flug südwärts antraten, tötete er recht viele von ihnen, um sich einen Wintervorrat von Fleisch anzulegen, und auch, um sich aus ihren Häuten ein Gewand anzufertigen.

Eines Tages entdeckte Akaiyan auf einer Wanderung rund um die Insel einen Biberbau, den er bisher nie bemerkt hatte. Er hockte sich daneben hin, stützte den Kopf in die Hände und begann bitterlich zu weinen. Da kam plötzlich ein kleiner Biber aus dem Bau und stellte sich vor ihn hin. Mein Vater möchte, daß du zu ihm hereinkommst, sagte der kleine Biber freundlich.

Akaiyan folgte gern der Einladung und schlüpfte mit dem jungen Biber in den Bau. Drinnen sah er einen großen alten Biber inmitten seiner Familie sitzen. Sein Fell war schon grau, ja weiß an manchen Stellen vom Schnee vieler Jahre. Er wird wohl der Häuptling aller Biber in dieser Gegend sein, ging es Akaiyan durch den Kopf. Setz dich, lud ihn der alte Biber ein. Sag mir, warum du dich ganz allein auf dieser Insel aufhältst?

Mir ist ein großes Unrecht geschehen, erwiderte Akaiyan traurig. Ich bin dazu verdammt worden, hier zu sterben.

Der Biber-Häuptling tröstete ihn: Sei guten Mutes, mein Sohn. Bald wird der Winter einbrechen und der See gefrieren. In dieser Zeit bleiben wir hier im Bau und warten, bis die Frühlingswinde das Eis wieder zum Schmelzen bringen. Bleib nur bei uns. Wir werden dich so manches lehren, was für dich und deinen Stamm von großem Nutzen ist. Und wenn du eines Tages zurückkehrst zu deinem Stamm, werden deine Leute froh darüber sein, daß sie einen Mann wie dich haben, einen Mann mit geheimem Wissen über wunderbare Dinge.

Der von seinem leiblichen Bruder verstoßene junge Mann war sehr gerührt über die Freundlichkeit der Biber. Natürlich willigte er ein, den Winter bei ihnen zu verbringen. Er holte aus seinem dürftigen Hüttchen das getrocknete Enten- und Gänsefleisch und sein mühselig zusammengeflicktes Gewand, um sich in den Wintertagen ernähren und warm halten zu können. Als es immer kälter wurde, schlossen die Biber ihren Bau ab und ließen nur ein kleines Loch offen, um frische Luft zu bekommen. In den kältesten Tagen schmiegten sie sich eng an ihren Menschenfreund und breiteten ihre Schwänze wie eine dicke, warme Decke über ihn. Akaiyan empfand tiefe Dankbarkeit und Liebe für die Biber-Familie. Ganz besonders hatte er den jüngsten der Biber-Jungen ins Herz geschlossen.

In den langen Wintermonaten lehrten die Biber Akaiyan die Namen und den Gebrauch so mancher Pflanzen, die noch heute für die Menschen unentbehrlich sind, wenn sie ihre Kranken heilen wollen. Sie lehrten ihn verschiedene Arten von Bemalungen, die helfen sollen, Glück zu bringen und Unheil zu vermeiden. Auch Samen von Tabakpflanzen ga-

ben sie ihm und erklärten genau, wie sie eingesetzt und gepflegt, welche Gebete dabei gesprochen und welche Lieder gesungen werden sollten. Der Biber-Häuptling und seine Frau weihten Akaiyan in die Geheimnisse ihrer eigenen heiligen Gebete, Gesänge und Tänze ein. Mit diesen heiligen Handlungen, so sagten sie ihm, könne man Schwerkranke oder Sterbende am Leben halten und wieder gesund machen. Akaiyan war aufgefallen, daß die Biber niemals etwas aßen, wenn sie zeremonielle Handlungen ausführten, und daß sie bei ihren Gesängen und Gebeten den Takt mit ihren Schwänzen schlugen. Die Tage zählten sie, indem sie einen Strich an die Wand des Baus malten, und der Anfang jedes Monats wurde durch ein Stäbchen markiert, das sie in die Wand steckten. So können wir immer genau feststellen, wieviel Zeit zwischen dem herbstlichen Blätterfall und dem Erwachen im Frühling verstrichen ist, erklärten sie ihm. Wir zählen insgesamt sieben Monate. Wenn wir das Eis draußen auf dem See knacken und krachen hören, dann ist die Zeit für uns gekommen, den Bau wieder zu öffnen.

Während all der Monate, die Akaiyan im Biberbau verbrachte, sprach er am liebsten mit dem jüngsten und kleinsten der Biber. Akaiyan und der kleine Biber hatten sich sehr angefreundet miteinander. Eines Tages sagte der kleine Biber zu Akaiyan: Bald wirst du unseren Bau verlassen und in deinen Heimatort zurückkehren. Ich weiß, daß mein Vater dir einen Wunsch freistellen wird, ehe du uns verläßt. Dann sag ihm, daß ich, dein kleiner Bruder, dir sehr ans Herz gewachsen sei und du möchtest keine andere Gabe als die, daß ich mit dir gehen darf. Viermal wird er dich fragen, ob du nicht doch etwas anderes wünschst. Und viermal mußt du darauf bestehen, daß dir an nichts anderem liegt, als daß ich, dein kleiner Bruder, dich begleite. Du mußt nämlich wissen, daß

ich über besondere Kräfte verfüge, und so kann ich fortan viel für dich tun.

Und tatsächlich fragte der Biber-Häuptling Akaiyan, als dessen Abschied näher kam, was er ihm als Geschenk mitgeben solle.

Ich möchte nichts, ehrwürdiger Biber-Häuptling, als daß der jüngste deiner Söhne, den ich sehr liebgewonnen habe, mit mir geht, antwortete Akaiyan.

Viermal versuchte der alte Biber, ihm diesen Wunsch auszureden, und viermal beharrte Akaiyan darauf. Da sagte der Biber-Häuptling: Ich habe dir versprochen, jeden deiner Wünsche zu erfüllen. Wisse denn, mein Sohn, daß du sehr weise gewählt hast. Mein jüngster Sohn ist das klügste aller meiner Kinder. Es schmerzt mich, ihn ziehen zu lassen. Doch halte ich mein Versprechen. Er schwieg eine Weile, dann fuhr er fort: Ich rate dir, nach deiner Rückkehr ein Heiliges Bündel zu fertigen, wie du es bei uns gesehen hast. Von diesem Heiligen Bündel geht eine große Kraft aus, die auch Kranke heilt. Die Gebete und Gesänge, die du brauchst, um diese Kraft des Heiligen Bündels zu verlebendigen, hast du bei uns gelernt. Ich gebe sie dir, wenn es soweit ist, mit auf den Weg.

Eines Abends kam der alte Biber mit einer Nachricht zurück, die Akaiyan sehr betroffen machte. Bleib morgen zu Hause in unserem Bau, mein Sohn, sagte der alte Biber. Ich habe unter den Bäumen drüben am Ufer des Sees deinen älteren Bruder gesehen. Er hat dort sein Lager aufgeschlagen.

Als Akaiyan und sein kleiner Biber-Bruder vom Bau aus zum anderen Ufer spähten, sahen sie, wie dort ein Mann sein Floß losmachte und in ihrer Richtung herüberkam. Sie warteten, bis er auf der Insel gelandet war, um nach den Knochen seines Bruders zu suchen. Als Nopastis weit genug

vom Floß entfernt war, sprang Akaiyan mit seinem kleinen Biber-Bruder im Arm aus dem Bau und rannte zum Floß. In Windeseile hatte Akaiyan das Floß weit auf den See hinausgesteuert. Und Nopastis war so vertieft in die Suche nach den Knochen seines jüngeren Bruders, daß er das Verschwinden des Floßes erst bemerkte, als dieses schon beinahe das andere Ufer erreicht hatte. Da ahnte Nopastis, daß sein jüngerer Bruder geheime Kräfte besitzen mußte und ein großer Medizinmann geworden war.

Nachdem Akaiyan das Lager seines Stammes erreicht hatte, begab er sich sofort zum Häuptling und erzählte ihm, was inzwischen geschehen war. Alle hießen ihn herzlich willkommen. Die große Weisheit, die er von seinen Biber-Freunden erlernt hatte, brachte ihm viel Ehre ein. Er und sein kleiner Biber-Bruder sammelten die Dinge, die für das Heilige Bündel notwendig waren. Dann begannen sie das Volk in das Zeremoniell einzuweihen, das sie vom alten Biber-Häuptling erlernt hatten. Die Gesänge und Gebete wurden fleißig geübt, damit die Zeremonien auch gelingen konnten.

Im Frühling rief Akaiyan alle Tiere zu sich und bat sie, mit ihren Kräften die Zaubermacht des Heiligen Bündels zu mehren. Viele der Tiere und Vögel gaben willig ihr Fell oder ihre Haut für das Heilige Bündel her, und von ihnen lernte Akaiyan auch so manches Gebet. Der Elch und der Hirsch stärkten mit ihren Gesängen und Tänzen die Macht des Heiligen Bündels. Der Specht lehrte Akaiyan drei Lieder und die dazugehörigen Tänze. Nur der Frosch konnte nichts beitragen, und so ist er in dem Heiligen Bündel nicht vertreten.

Im nächsten Frühjahr fuhr Akaiyan mit dem kleinen Biber zur Insel zurück. Dort fand er die bleichen Knochen seines

Bruders Nopastis. Nopastis hatten die Biber nicht beigestanden, als der Hunger und die Kälte ihn angegriffen hatten.

Der Biber-Häuptling empfing Akaiyan mit großer Herzlichkeit. Als dieser ihm aber seinen jüngsten Sohn zurückbrachte, damit er bei ihm bleibe, kannte seine Freude keine Grenzen, und er schenkte Akaiyan eine Heilige Pfeife und lehrte ihn alle Gebete und Gesänge, die für den rechten Gebrauch dieser Pfeife nötig waren.

Nach der Rückkehr in sein Stammeslager gab Akaiyan die Heilige Pfeife zum Heiligen Bündel, wodurch es noch mehr an Macht gewann. Jedes Jahr fuhr Akaiyan einmal zur Insel hinüber, und jedesmal gab ihm der Biber-Häuptling ein wertvolles Geschenk, das er dem Heiligen Bündel beifügte. Als ein weithin berühmter Medizinmann leitete Akaiyan während seines langen Lebens die Zeremonie des Heiligen Biber-Bündels. Nach seinem Tod übernahm sein Sohn diese heilige Pflicht. Und so wird diese zaubermächtige Zeremonie bis auf den heutigen Tag weitergeführt.

Die Yucca-Pflanze

Sioux

B is heute halten die Sioux-Stämme einen Mann in dankbarer Erinnerung, der ihnen zwar unbeabsichtigt, aber doch vermutlich auf Geheiß der Großen Geheimnisvollen Macht eine unvergleichliche Wohltat erwies. Das trug sich so zu.

Vor vielen Jahren war jener Mann als Späher ausgesandt worden, um nach Büffelherden Ausschau zu halten. Erschöpft von dem langen Weg, den er zurückgelegt hatte, setzte er sich zu einer kurzen Rast nieder. Doch er war so müde, daß er länger verweilte, als er beabsichtigt hatte. Neben ihm lag eine Yucca-Pflanze auf der Erde, ganz ausgetrocknet von der Sonne. Müde, wie er war, aber nicht gewillt, sich dem Schlaf hinzugeben, hob der Mann einen Zweig auf und quirlte ihn zwischen den Handflächen gedankenlos gegen die Yucca-Pflanze.

Da sah er zu seinem Erstaunen, wie an der Stelle, wo der Zweig die Yucca-Pflanze berührt hatte, ein blaues Rauchwölkchen aufstieg. Mit einem angenehmen Geruch zerfaserte es in der Luft und löste sich himmelwärts in immer dünner werdenden Fäden auf. Wenn es sich am Himmel so auflöst, dachte der Späher, müßte es auch eine Botschaft von der Erde in den Himmel tragen können. Der Gedanke erfreute sein Herz. Er suchte nach einem anderen Zweig und wiederholte, was er getan hatte. Diesmal quirlte er nicht gedankenlos, sondern mit der festen Absicht, ein größeres Rauchwölkchen hervorzuzaubern.

187

Und dieses erhob sich alsbald tatsächlich an der Stelle, wo der Zweig die Yucca-Pflanze traf. Als der Mann emsig weiterrieb, glomm an der Reibstelle ein rotes Lichtlein auf, das sich schnell orangerot und safrangelb verfärbte und wie eine sich im Tanze wiegende Schöne hin und her flatterte. Zugleich entströmte dem lieblichen Lichtschein eine angenehme Wärme, die dem müden Späher wohltat.

Das Wunder, das er eben entdeckt hatte, fesselte ihn derart, daß er nichts anderes mehr im Sinne hatte, als das tanzende Licht zu beobachten und es nicht wieder entschwinden zu

lassen. Das Licht war gierig. Es fraß Zweig um Zweig. Von überallher trug der Späher trockenes Holz zusammen. Aber schließlich war die Zeit gekommen, da er ins Lager zurückkehren mußte. Lange überlegte der Mann, wie er den Zwiespalt überbrücken könnte; er wollte das Licht nicht verlassen und konnte doch seine Leute nicht länger warten lassen. Ich suche mir einen großen Zweig, dachte er, den gebe ich dem Licht zu fressen und trage es so mit mir nach Hause.

Als er das Lager erreicht hatte, trug er einen großen Haufen Holz zusammen und zündete diesen mit dem brennenden Zweig an, den er mitgebracht hatte. Eine große rote Flamme züngelte zum Himmel empor.

Die Leute kamen herbeigeeilt und starrten verdutzt das Wunderding an, das der Späher ihnen beschert hatte. Es war anmutig anzusehen, wenn es sich tanzend hin und her schwang. Und die Wärme, die von ihm ausströmte, fühlte sich wohlig auf der Haut an. Aber zu nahe durfte man ihm nicht kommen, dann biß es zu und brannte schmerzhaft auf Gesicht und Händen. Merkwürdig, dachten die Leute, daß ein so fröhlich flatterndes Ding derart weh tun kann! Das Holz, das es fraß, erglühte in wunderbarem Rot, bald heller, bald dunkler, und durch sein Farbenspiel ergötzte es das Auge. Unverwandt starrten die Leute in das Feuer, bis es Abend wurde, und sie begriffen, daß es die Dunkelheit erhellen konnte, wie dies die Sonne am Tage tat. Wenn es die Hände und das Gesicht zu sengen vermag, was würde das Feuer mit rohem Fleisch tun, überlegten die Leute. Sie hielten ein Stück Büffelfleisch in die Flammen, und schon verbreitete sich ein verlockender Duft ringsum, der ihnen Appetit machte. Sie kosteten von dem Fleisch und fanden es wohlschmeckend. Danach kochten und trockneten sie ihr Fleisch nicht mehr in der Mittagsglut der Sonne, sondern brieten es im Feuer, das ihnen der Späher

gebracht hatte. So lebten sie viel angenehmer als früher, denn ihre Mahlzeiten waren nunmehr weitaus schmackhafter und bekömmlicher geworden. Kein Wunder daher, daß die Sioux-Stämme bis heute den Bringer des Feuers verehren und in großer Dankbarkeit seiner gedenken.

Verwendete Literatur

Benedict, Ruth, Patterns of Culture, New York 1934

Brinton, Daniel G., The Mythes of the New World, Philadelphia 1876

Catlin, George, Letters and Notes on the Manners, Customs and Conditions of the North American Indians, 2 vols, London 1841

Cushing, Frank Hamilton, Zuñi Volk Tales, The University of Arizona Press 1986

Ceram, C.W., Der erste Amerikaner, Hamburg 1976

Crimal, Pierre, Mythen der Völker, Frankfurt am Main und Hamburg 1967

Erdoes, Richard und Alfonso Ortiz, American Indian Myths and Legends, New York 1984

Chief Luther Standing Bear, Stories of the Sioux, University of Nebraska Press, Lincoln and London 1988

Clark, Ella E., Indian Legends from the Northern Rockies, University of Oklahoma Press 1988

Cyrus, Irene Salome, Die Indianer Nordamerikas, Wien 1988

Farb, Peter, Die Indianer, Goldmann Sachbücher 1987

Feldmann, Susan, The Story Telling Stone, Myths and Tales of American Indians, New York 1965

Frazer, James George, Der Goldene Zweig, Leipzig 1928

Haywood, Charles, A Bibliography of North American Folklore and Folksong, New York 1951

Hellwald, Friedrich von, Die Erde und ihre Völker, Bd. I, Stuttgart 1878

Hodge, Frederick, Handbook of American Indians North of Mexico, Bureau of American Ethnology Bulletin 30,2 vol, Washington 1910

Liebert, Robert M., Osage Life and Legends, Happy Camp 1987

Lips, Eva, Das Indianerbuch, Leipzig 1967

Lips, Julius, Vom Ursprung der Dinge, Leipzig 1953

National Geographic Society, The World of American Indians, Washington D.C. 1979

Neilhardt, John G., Black Elk Speaks, University of Nebraska Press 1979

Radin, Paul, The Story of the American Indian, New York 1944

Schmid, Max, Völkerkunde, Berlin 1924

Solc, Vaclav, Die ältesten Indianer, deutsche Übersetzung von Paul Völkel, Praha 1988

Stingl, Miloslav, Indianer ohne Tomahawks, Leipzig 1984

Stingl, Miloslav, Indianer vor Kolumbus, Urania Verlag Leipzig, Jena, Berlin 1976

Waters, Frank, Book of the Hopi, New York 1987

Wood, Charles E.S., A Book of Tales, Being Some Myths of the North American Indians, New York 1929